Bilingual Press/Editorial Bilingüe

General Editor
Gary D. Keller

Managing Editor
Karen S. Van Hooft

Senior Editor
Mary M. Keller

Editorial Board
Juan Goytisolo
Francisco Jiménez
Eduardo Rivera
Severo Sarduy
Mario Vargas Llosa

Address
Bilingual Press
Department of Foreign Languages
and Bilingual Studies
106 Ford Hall
EASTERN MICHIGAN UNIVERSITY
Ypsilanti, Michigan 48197
313-487-0042

Sabine R. Ulibarrí

PRIMEROS ENCUENTROS
FIRST ENCOUNTERS

Bilingual Press/Editorial Bilingüe
YPSILANTI, MICHIGAN

© 1982 by Bilingual Press/Editorial Bilingüe

ISBN: 0-916950-27-1

Library of Congress Catalog Card Number: 81-71732

PRINTED IN THE UNITED STATES OF AMERICA

INDEXED IN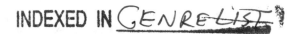

Cover art and text illustrations by Bob Conlin

Cover design by Christopher J. Bidlack

Back cover photo by Bob Dauner

Table of Contents

In Memory
of
David McGibboney

Introduction

Sabine Ulibarrí's dedicated readers will welcome this opportunity to project themselves once again back into a time most of us cannot have known. This third volume of stories about an imaginary past in Tierra Amarilla shows us a side of life in that insular community which Ulibarrí did not present in either *Tierra Amarilla* or *Mi abuela fumaba puros/My Grandma Smoked Cigars*. In these new stories, as the title suggests, the community is penetrated by outsiders who are sometimes embraced, sometimes rejected.

As in his previous books, Ulibarrí tells the story of Tierra Amarilla from a child's point of view, or rather, from several children's points of view, since the narrator is not always the same person. These children reminisce as adults, recalling a collective past with humor and occasional anger but always with the hope of re-creating it, signaling back to Tierra Amarilla to say, "This is me. These are my roots." It is the hope of renewal, for it is the past which nurtures the future.

The narrators of these gentle, touching stories let the reader know that they are the products of these "first encounters" with people from a culture other than their own. When necessary, the foreigner is rejected, but wherever possible he is embraced and accepted into the daily life and lingering memory of Tierra Amarilla.

There is always conflict between the multicultures in these stories, but as they unfold it becomes evident that conflicts do not necessarily destroy relationships and that they may be resolved where there is good will. The foreigner who is willing to yield finds the people of Tierra Amarilla also willing.

The narrators of these stories all face the same situation. The foreigner enters and adapts himself to the town in a particular way. For example, he learns the language of the people. But he also brings with him his own culture which he imparts, thus changing the fabric of life of the community. The voices remembering Tierra Amarilla remember the beginning of the end of a totally insular community.

The ambience of Ulibarrí's stories could be one of bitter conflict, but through his voices he imbues the tales with great good humor, sweet compassion, and innocent curiosity. The bite in the word "gringo" is almost gone.

Primeros encuentros completes the history of a Tierra Amarilla no longer in existence, but that place and that time will always be alive and vibrant to its readers thanks to the man who came down from the mountain to tell us his story.

It has been my privilege and pleasure to translate two of these stories into English and to edit the English text.

Richard Townsley

PRIMEROS ENCUENTROS
FIRST ENCOUNTERS

The Gallant Stranger

He came out of the sun. He came out of the pine grove. He was a big man. He was carrying a large load. Someone saw him. Soon everybody knew. That man was the focus of everyone's gaze. Everyone wondering: Who could he be? What could he want?

As he approached on the hot and dusty road his figure became clearer. They saw that he was a cowboy-type, like in the movies. His high, white hat was tilted to one side, because of the sun, because of the heat. Jacket and trousers of blue wool, bleached with time and use. High-heel boots. Silver-mounted spurs. The rowels left their little tracks and their clinking on the layer of dust on the road. On his right side, in its appropriate place, he wore a frightening six-gun. He was an Americano.

Sometimes he stumbled. He would twist his ankle. Those boots with their high heels were not made for walking. Cowhands were not born to walk. He would straighten up and continue his way doggedly.

Don Prudencio had analyzed the situation from afar. He told his sons that this Americano had to be a rustler or a killer or both. A desperate and dangerous man. We must give him anything he wants. If we don't give it to him, he's going to steal it, perhaps hurt or kill someone. "Furthermore," he said, "we shall have an enemy for the rest of our lives."

Finally the stranger came to the porch of the house. There were Don Prudencio and his sons waiting for him. All around the hired hands were looking and waiting. The women behind the curtains. Everyone full of curiosity.

He dropped his load. It was his saddle. He said his name was

El forastero gentil

Salió del sol. Salió del pinar. Era un hombre grande. Llevaba una carga grande. Alguien lo vio. Pronto lo supieron todos. Ese hombre fue el foco de todas las miradas. Todos especulando: ¿quién será?, ¿a qué vendrá?

Conforme se iba acercando por el camino caluroso y polvoriento se iba revelando. Vieron que era un tipo vaquero como en las películas. Sombrero alto y blanco, terciado hacia un lado, por el sol, por el calor. Cotón y pantalón de lona azul, blanquisca por el tiempo y el abuso. Botas de tacón alto. Espuelas chapadas de plata. Las rodajas dejaban sus huellecillas y su tintineo en la capa de polvo del camino. En su lado derecho, en el sitio adecuado, llevaba un pistolón de miedo. Era un americano.

A veces tropezaba. Se le torcía el tobillo. Esas botas de tacones altos no se hicieron para andar. Los hombres de a caballo no nacieron para andar. Se enderezaba y seguía tercamente su camino.

Ya de lejos don Prudencio había analizado la situación. Les dijo a sus hijos que este americano tenía que ser un ladrón o matón, o ambos. Un hombre desesperado y peligroso. Hay que darle todo lo que pida. Si no se lo damos, él se lo va a robar, acaso va a herir o a matar a alguien. "Además", les dijo, "tendremos un enemigo para toda la vida."

Al fin llegó el extranjero hasta el portal de la casa. Allí estaban don Prudencio y sus hijos esperándole. Alrededor, los peones mirando y esperando. Las mujeres detrás de las cortinas. Todos llenos de curiosidad.

Dejó caer su carga. Era su montura. Dijo que se llamaba Dan Kraven, que se le había roto una pierna a su caballo y había

Dan Kraven, that his horse had broken a leg and he had had to shoot it. He was thirsty and hungry. Don Prudencio didn't speak English, but his sons did.

He had eyes as blue as ice. He had a look like a frozen blue ray which pierced and burned the eyes of those who looked into his. A look that challenged, threatened, and trusted no one, all at the same time.

He was worn out. Everything showed it. Exhaustion, hunger, and thirst cry out. Their silent screams rose to the heavens and stunned everyone.

My uncle Victoriano took the stranger to the corridor. There in the cool shade was a tub of water with a block of ice. He gave him a gourd of ice water. That water must have been holy water, the water of salvation, for that man at that moment. He first took tiny sips. He held them in his mouth for a moment. Then he swallowed them. Slowly, solemnly, as if that act were some mysterious ritual, almost as if he were taking some strange communion. Later he took long and deep swallows. He appeared restored immediately. It seemed to be a miracle. Everyone had the strange sensation that they had witnessed something rather religious.

He wasn't taken to the bunkhouse where the hands slept. He was given a room in the house. They took him water to bathe in and clean clothes.

I don't know why he wasn't invited to eat with the family. They took his meals to his room three times a day. Maybe it was because my grandfather decided that eating together would be too awkward for the family and for him. The fact is that Dan Kraven was perfectly satisfied with the arrangement.

Naturally this visit gave everyone a lot to talk about. In a place where nothing unusual ever happens this was quite an event. Who could he be? Where did he come from? What was he doing here? There were no gringos around there. All the ranches along the Nutrias River belonged to the family. The closest gringos were far away, way beyond Las Tapiecitas, out there around Stinking Lake. The best bet was that he was running from the law or from enemies.

There were no answers to the questions. Dan Kraven said nothing. It wasn't that he didn't speak Spanish. It seemed that he didn't speak English. He spoke only what was indispensable and, when possible, in monosyllables.

tenido que matarlo. Tenía sed y hambre. Don Prudencio no hablaba inglés pero sus hijos sí.

Tenía unos ojos azules como el hielo. Tenía una mirada como un rayo azul helado que penetraba y quemaba los ojos de los demás. Una mirada que retaba, amenazaba y desconfiaba a la misma vez.

Venía molido. En todo se le notaba. El cansancio, el hambre y la sed hablan a gritos. Sus gritos silenciosos subían al cielo y aturdían a todos.

Mi tío Victoriano llevó al extranjero al zaguán. Allí en el fresco había una tina llena de agua con un bloque de hielo. Le dio un jumate de calabaza lleno de agua helada. Esa agua debió ser agua bendita, el agua de la salvación para ese señor en ese momento. Primero tomó pequeños sorbos. Las detuvo un momento en la boca. Luego se los tragó. Lento y solemne como si aquello fuera algún rito misterioso, casi como si estuviera tomando una extraña comunión. Después tomó largos y hondos sorbos. De inmediato pareció restituido. Parecía milagro. Todos tenían la extraña sensación de que habían presenciado un acto un tanto religioso.

No se le llevó al fuerte donde vivían los peones. Se le dio una habitación de la casa. Le llevaron agua para que se bañara y ropa limpia.

Quién sabe por qué no se le invitó a comer con la familia. Se le llevaba de comer a su cuarto tres veces al día. Quizás sería porque mi abuelo decidió que el comer juntos resultaría demasiado bochornoso para la familia y para él. La verdad es que Dan Kraven estuvo perfectamente satisfecho con el arreglo.

Claro que esta visita dio mucho que hablar a todos. En un lugar donde nunca pasa nada extraordinario esto fue un verdadero acontecimiento. ¿Quién sería? ¿De dónde vendría? ¿Qué anda haciendo aquí? No había gringos por allí. Todos los ranchos del Río de Las Nutrias pertenecían a la familia. Los gringos más cercanos estaban muy lejos, más allá de Las Tapiecitas, por allá por La Laguna Hedionda. A lo mejor viene perseguido por la ley o por enemigos.

No hubo contestación a las interrogaciones. Dan Kraven no decía nada. No es que no hablaba español. Parecía que no hablaba inglés. Hablaba solamente lo indispensable, y cuando posible, en monosílabos.

Era silencioso y solitario. O no salía de su cuarto, o se paseaba solo por los campos. A veces se le veía revisando los corrales y

He was silent and solitary. Either he didn't leave his room or he walked alone through the fields. Sometimes he could be seen looking over the corrals and the barns. When he couldn't avoid it and he ran into someone, he always bowed with quiet and serene courtesy. He touched the brim of his hat and said "Howdy" to the men and "Ma'am" to the women and kept on going. He only stopped for my grandmother, took off his hat, bowed slightly, and said, "Miss Filomena, Ma'am." It is clear that no one was ever going to accuse him of being a great talker.

He called my uncle Victoriano "Victor," my uncle Juan "Johnny." He called my father, whose name was Sabiniano, "Sabine." From this it was supposed that Dan came from Texas where there is a river by that name. The name stuck, and when I was born my father gave it to me.

My father must have been eight years old at the time. He was the youngest of his brothers. He was the one who got closest to Dan Kraven. Who knows why. Maybe it was because children, in their innocence, are more daring. Perhaps it was because everyone loves children, even outlaws. Or, and here lies the mystery, maybe Dan Kraven remembered a little brother or a son. No one knows. The fact is that the mysterious stranger would take the boy by the hand and they would go alone on long walks through the woods or the fields. Silent walks with very few words. The boy didn't talk because he didn't know what to say, being perfectly happy at the side of the tall and mysterious cowboy. He didn't say anything because he didn't want to. Conversation wasn't necessary.

Dan Kraven stayed in the house of Don Prudencio about a week. He rested well. He recovered well. But . . . there was in him a strange weariness for which there was no rest, from which he would never recover. It was like a deep and intense disillusionment. It was as if life were a long and heavy load. It was as if he didn't care whether he lived or not. I think that was the danger and the terror that emanated from this man. A man who has lost all his dreams and hopes, who doesn't want to live, who is not afraid of death is the most dangerous man. What does he have to lose? What does he have to gain?

There were moments when he almost talked. There were moments when he almost smiled. The people of the house even got to see the ice of his eyes melt for an instant, the blue ray of his frozen gaze turned off. But these were fleeting sparks that

las caballerizas. Cuando no podía evitarlo, y se encontraba con alguien, siempre saludaba con seria y serena cortesía. Se tocaba el ala del sombrero y decía "Howdy" a los hombres y "Ma'am" a las mujeres sin detener el paso. Sólo con mi abuela se detenía, se quitaba el sombrero, hacía una pequeña reverencia y le decía, "Miss Filomena, Ma'am." Se puede ver que de hablador no le iba a acusar nadie.

A mi tío Victoriano le decía "Víctor", a mi tío Juan, "Johnny". A mi padre, que se llamaba Sabiniano, le llamó "Sabine". De esto último se dedujo que Dan venía de Texas donde hay un río que se llama Sabine. El nombre se le pegó a mi padre, y cuando yo nací me lo dio a mí.

Mi padre tendría entonces unos ocho años. Era el más joven de sus hermanos. El fue el que más se le acercó a Dan Kraven. Quién sabe por qué. Tal vez porque en su inocencia los niños son más atrevidos. Quizás porque todos quieren a los niños, hasta los matones. O, aquí está el misterio, acaso Dan Kraven se acordara de un hermanito, o un hijo. Nadie sabe. La verdad es que el misterioso forastero tomaba al niño de la mano y se iban los dos solos en largos paseos por el bosque o por los campos. Paseos silenciosos o de muy pocas palabras. El niño no hablaba porque no sabía qué decir, estando perfectamente satisfecho al lado del alto y misterioso "cowboy". El no decía nada porque no quería. La conversación no hacía falta.

Dan Kraven se estuvo en la casa de don Prudencio como una semana. Descansó bien. Se repuso bien. Pero . . . había en él un extraño cansancio del que no descansaría nunca, del que no se repondría jamás. Era como una desilusión intensa y profunda. Era como si la vida fuera una carga larga y pesada. Era como si no le importaba si vivía o no. Creo que allí se encontraba el peligro y el terror que emanaba de este hombre. El que ha perdido las ilusiones y las esperanzas, que no tiene ganas de vivir y no le tiene miedo a la muerte es el hombre más peligroso. ¿Qué tiene que perder? ¿Qué tiene que ganar?

Hubo momentos en que casi habló. Hubo momentos en que casi se sonrió. Hasta llegaron los de la casa a ver por un instante el hielo de sus ojos deshelarse, el rayo azul de su mirada helada deshacerse. Pero estas fueron chispas fugaces que se apagaban en cuanto nacían. Pronto volvía el americano a su postura insulada y solitaria. Es posible que si se hubiera quedado más, los de la casa lo hubieran visto reír algún día.

went out as soon as they were born. The Americano immediately returned to his insulated and solitary posture. It is possible that if he had stayed longer the people of the house would have seen him laugh someday.

One day he sought out Don Prudencio. Through my uncle Victoriano he thanked him for all his courtesy and asked him for a horse. My grandfather had all the horses gathered in the corral. He told Dan to take his pick. Dan selected a magnificent black horse with white stockings. My uncle Victoriano tried to protest. It was his horse. His name was Moro. My grandfather silenced him with a look.

Dan Kraven mounted his black horse. The whole family and all the hands came out to tell him good-bye. A strange affection had grown in the family for this man of the deep sadness and the tremendous six-gun. Some said that there were tears in Dan's eyes, although no one was sure. Everyone waved and said, "Go with God." "Adios." "Come back." He raised his hand, gave them something like a military salute, and left without a word.

He left the way he came. By the same dusty road. He went into the pine grove. He went into the sun and disappeared forever. No one would ever see him again. Everyone asked for him everywhere. No one ever heard a word about a man with the name of Dan Kraven.

Time went on as it always does. I don't know how much and it doesn't matter. Everyone held onto his memories of the man who came out of the sun one day and returned to the sun from where he came another day. Now it all seemed like a story, a fantasy, an invention. At the house they spoke of him often and with affection and they wondered if he would ever return.

One morning, very early, before the family got up, Juan Maés, the foreman, banged on the door. "Don Prudencio, Don Prudencio, come to the corral right away!"

Everybody—adults, children, hired hands—ran to the corral. There was the most beautiful palomino anyone had ever seen, with a new saddle, a silver-mounted bridle, and a breast strap with silver conchas.

My grandfather came close. Hanging from the saddle horn there was a strap of leather engraved with these words: "For Don Prudencio, with eternal gratitude." On a Spanish shawl there was a note that said, "For Doña Filomena, with all my respect." On the spurs, "For Sabine when he becomes a man and so he won't for-

Un día fue a buscar a don Prudencio. Por medio de mi tío Victoriano le agradeció todas sus cortesías y le pidió un caballo. Mi abuelo hizo reunir la caballada en el corral. Le dijo a Dan que escogiera. Dan escogió un precioso caballo prieto con las patas blancas. Mi tío Victoriano quiso protestar. Era el suyo. Se llamaba Moro. Mi abuelo lo silenció con una mirada.

Dan Kraven montó en su caballo prieto. Toda la familia y los peones salieron a decirle adiós. Había nacido un extraño cariño para este hombre de la profunda tristeza y de la tremenda pistola. Dijeron algunos que había lágrimas en los ojos de Dan aunque nadie estuvo seguro. Todos le agitaban la mano y le decían "Vaya con Dios", "Adiós", "Vuelva." El alzó la mano y les dio un saludo casi militar. Y sin decir palabra se fue.

Se fue por donde vino. Por el mismo polvoriento camino. Entró en el pinar. Entró en el sol y desapareció para siempre. Nadie le volvería a ver. Todos preguntaban en todas partes. Nadie tuvo nunca noticias de un hombre con el nombre de Dan Kraven.

Pasó el tiempo como siempre pasa. No sé cuánto y no me importa. Todos guardaban sus memorias del hombre que un día salió del sol y otro día volvió al sol de donde vino. Era ya todo como si fuera un cuento, una fantasía o un invento. Se hablaba en la casa de él con frecuencia y con cariño, y se preguntaba si algún día volvería.

Una mañana, bien temprano, antes de que la familia se levantara, vino Juan Maés, el caporal, a dar golpes a la puerta. "¡Don Prudencio, don Prudencio, venga al corral ahora mismo!"

Todos, mayores, niños, peones van corriendo al corral. Allí estaba el caballo palomino más hermoso que nadie había visto, con una buena silla nueva, con un freno chapado de plata y una pechera con conchas de plata.

Mi abuelo se acercó. De la teja de la silla colgaba una correa con estas palabras grabadas, "Para don Prudencio, con eterno agradecimiento." En el mantón de Manila había una etiqueta que decía, "Para doña Filomena, con todo respeto." En las espuelas decía, "Para Sabine cuando sea hombre y para que no me olvide." En ninguna parte aparecía el nombre de Dan Kraven. No hacía falta. A él no lo vio nadie. Ni lo volvieron a ver.

Otra vez pasó el tiempo. Nací yo, y nacieron mis primos. Todos oímos una y otra vez la historia de Dan Kraven. Todos vimos que el caballo favorito de mi tío Víctor era un hermoso palomino que se llamaba Moro Todos vimos que en la sala de mi

get me." Dan Kraven's name didn't appear anywhere. It wasn't necessary. No one saw him. Nor did they ever see him again.

Time went by again. I was born and my cousins were born. We all heard the story of Dan Kraven time and again. We all saw that my uncle Victor's favorite horse was a lovely palomino called Moro. We all saw that in my grandmother Filomena's living room, where no one entered, there was a colorful Spanish shawl over the sofa. On working days my father wore old boots with silver-mounted spurs. On fiesta days, he wore new boots with the same spurs.

An accidental visit by a strange and fascinating man enriched and influenced the emotional life of a colonial frontier family. That man lived on in the memories of all who knew him until they died.

Here I am, who didn't know him, carrying the name he gave me with pride. Here I am, who didn't know him, writing his story, the story of a man who perhaps had no name and who certainly has no body, so that the world, or at least my people, would know about his quiet and silent gallantry. I write our memories of you, my family's and also my own, Dan Kraven, so that everyone may know. I want everyone to know that long ago in a Hispanic place, in a Spanish-speaking New Mexico, there was a gentle gringo who was gracious and generous. My silent and mysterious knight errant, don't say a word. I'll say it for you.

abuela Filomena, donde no entraba nadie, había un colorido mantón de Manila sobre el sofá. Mi padre en días de trabajo llevaba botas viejas con espuelas chapadas de plata. En días de feria y de fiesta llevaba las mismas espuelas con botas nuevas.

Una visita accidental de un hombre raro y fenomenal enriqueció y afectó la vida sentimental de una familia fronteriza y colonial. Vivió ese hombre en los recuerdos de todos los que lo conocieron hasta que todos murieron.

Aquí estoy yo, que no lo conocí, con el nombre que él me dio con todo orgullo. Aquí estoy yo, que no lo conocí, escribiendo su historia, la historia de un hombre que acaso no tuvo nombre, y que por cierto no tiene cuerpo, para que el mundo, o por lo menos mi gente, conozca su gentileza quieta, callada y silenciosa. Escribo tus memorias, que son las de mi familia y también las mías, Dan Kraven, para que todo el mundo sepa. Quiero que todos sepan que allá en un tiempo hispánico, en un rincón hispánico en un Nuevo México de habla española hubo un gringo gentil, agradecido y generoso. Mi silencioso y misterioso caballero andante, no digas nada. Yo lo digo por ti.

Blondie

Marilú Armstrong was blonde. You couldn't always tell it, though. She used to wear her fair hair wrapped in a red kerchief, like those the farmers use, with a little knot in front. People called her La Güera.

She wore men's clothes. Shirt and pants of blue duck. Shirt-sleeves rolled up. On her left wrist a wide, black leather wristband. Men's shoes.

Buck Armstrong, his wife Abigail, and their daughter Marilú had come to Tierra Amarilla some five years before. No one knew where from. They bought land a ways off from the village. An un-farmable, useless piece of land that no one wanted. The three set to clearing the land of trees and rocks with that zeal which turns a nothing into a something quite precious, a dry desert into a veritable garden.

They made the river water climb through impossible places to their plot. The land was virgin. Once caressed, once penetrated, it began to produce aromatic flowers and delicious fruits. Perhaps nature's fertility needs human heat, human odor, human love, needs the irrigation of human sweat to be able to conceive.

I don't believe that any of the three had ever darkened the door of either school or church. They did not know how to read or write. Their English was almost unintelligible. Their Spanish was nonexistent. But they sure knew how to communicate with the earth. Their tenderness, their eloquence was all for her. The earth understood and tried to respond in kind.

They harvested a lot of everything. Potatoes in a quantity and of a quality never seen. That golden corn from the Midwest, unknown to us. Grain, vegetables of all kinds, alfalfa. From their

La güera

Marilú Armstrong era güera. Esto no siempre se podía ver. Solía llevar su rubia cabellera envuelta en un pañuelo rojo, de esos que usan los hombres de campo, con una pequeña lazada sobre la frente. La gente le decía la Güera.

Vestía ropa de hombre. Camisa y pantalón de lona azul. Las mangas de la camisa remangadas. En la muñeca izquiera una ancha y negra muñequera de cuero. Zapatos de hombre.

Buck Armstrong, su esposa Abigail y su hija Marilú habían llegado a Tierra Amarilla hacía unos cinco años. Quién sabe de dónde. Compraron un terreno a distancia del pueblo. Un chamizal que para nada servía y que nadie quería. Se pusieron los tres a desmontar y a despedregar con aquel afán que convirtieron un nada en un mucho, un seco desierto en un verdadero huerto.

Hicieron subir el agua del río por lugares imposibles hasta su parcela. La tierra era virgen. Una vez acariciada, una vez penetrada, empezó a producir flor y fruto aromático y sabroso. Acaso la fertilidad de la naturaleza necesita el calor, el olor y el amor humano, necesita el riego del sudor humano, para poder concebir.

No creo que ninguno de los tres había oscurecido la puerta de una escuela o la puerta de una iglesia. No sabían leer ni escribir. Su inglés era casi ininteligible. Su español era inexistente. Pero sabían comunicar con la tierra. Su ternura, su elocuencia, era toda para ella. La tierra supo y quiso corresponder.

Cosechaban de todo. Papas en cantidad y calidad nunca vistas. Ese maíz dorado del Midwest, para nosotros desconocido. Grano, verduras de todas clases, alfalfa. Adquirieron sus animalitos que les dieron carne, leche, quesos. Cambiaban sus productos por lo que no producían. Lo demás lo vendían. Su mesa era la

animals they got meat, milk, cheeses. They exchanged their products for what they did not produce. The rest they sold. Their table was the most opulent and succulent in all the territory. When the harvests of the others failed for this or that reason, their own was richer than ever.

Buck Armstrong was tall, strong, and robust. As taciturn as a pine log. It seemed that he went through life annoyed. He never spoke. And had he spoken, no one would have understood him. He was almost never seen in the village. Abigail and Marilú made themselves responsible for buying and selling and for all other arrangements.

Abigail was a diminutive harpy. She had something of the wasp about her, something of the butterfly or the housefly. She fluttered from here to there with astonishing speed. Her weakness, her fragility, was only on the surface. I believe that she was made of nerves and leather. She talked like a magpie. She never stopped talking. This made her bothersome enough since her cronies did not speak English and she did not speak Spanish. This way we children were engulfed in wave after wave of confused chatter. Things we did not understand. Her jokes were carried away by the wind like the down of a fledgling. But this was not important. She found it necessary to say things and she said them incessantly.

Marilú was tall, strong, and robust like her father. She was friendly, affectionate, and talkative like her mother. She began to learn Spanish from the children who went to help her father with the sowing or the harvest. She was forever learning in her buying and selling.

She was an Amazon in every sense. Kindly gifted in spirit and body. The spade, the hoe, the axe had hardened her. The men's clothing outlined, hugged, tightly fit her definite, firm, solid figure like a statue from another time, from another land. Naked, I suppose, she could have been a model for Michaelangelo himself, perhaps a model for Mother Nature herself.

At first she seldom left the ranch. With time she began to feel more and more secure. She began to be seen more and more frequently by the village. She was seen on the roads visiting the different villages for who knows what reasons. She was seen in the back of some wagon or truck.

The people liked her from the beginning. Her open, frank, and good-natured personality won over the whole world. It was some-

más opulenta y la más suculenta de todas esas tierras. Cuando las cosechas de los demás fallaban por esta u otra razón, la de ellos era más rica que nunca.

Buck Armstrong era alto, fuerte y robusto. Taciturno como un tronco de pino. Parecía que siempre andaba enojado. Nunca hablaba. Y si hubiera hablado, nadie le habría entendido. Casi nunca se le vio por el pueblo. Abigail y Marilú se encargaban de compras y ventas y de todos los demás arreglos.

Abigail era una diminuta mujerzuela. Tenía algo de avispa, algo de mariposa o mosca. Revoloteaba de aquí a allí con asombrosa rapidez. Su debilidad, su exquisitez era sólo aparente. Creo que estaba hecha de nervios y correa. Hablaba como una cotorra. No dejaba de hablar. Esto le resultaba bastante incómodo, ya que las mujeres de su camada no hablaban inglés y ella no hablaba español. De modo que a nosotros los chicos nos envolvía en olas y olas de palabrería. Cosas que nosotros no entendíamos. Sus chistes se los llevaba el aire como plumas de pajarito tierno. Pero no hacía falta. Ella tenía la necesidad de decir cosas, y las decía sin cesar.

Marilú era alta, fuerte y robusta como su padre. Era amable, cariñosa y locuaz como su madre. Empezó a aprender español de los chicos que iban a ayudarle a su padre con la siembra o con la cosecha. Siguió aprendiendo en sus compras y ventas.

Amazona en todo sentido. Bondadosamente dotada en partes y carnes. La pala, el azadón y el hacha la habían endurecido. Las ropas de hombre le dibujaban, le apretaban y le ceñían sus contornos fijos, firmes y sólidos como estatua de otro tiempo y de otra tierra. Desnuda, me supongo, pudo haber sido modelo del mismo Miguel Angel, acaso modelo de la misma Madre Naturaleza.

Al principio salía poco del rancho. Con el tiempo fue cobrando confianza. Empezó a vérsele con más frecuencia por el pueblo. Se le veía por los caminos visitando los diferentes pueblos con quién sabe qué motivos. Se le veía en el cajón de alguna camioneta o camión.

La gente la quiso desde un principio. Su personalidad abierta, franca y campechana se ganó al mundo entero. Era cosa de ver. Cuando iba por la calle con una pala al hombro, no andaba, marchaba, pero con una delicadeza que parecía que bailaba al son y al compás de una música secreta. Tan grandota como era, esto era una incongruencia y sorpresa del todo placentera.

thing to see. When she went through the street with a shovel on her shoulder, she didn't walk, she marched, but with a delicacy which seemed to glide to the sound and rhythm of a secret music. As hulking as she was, this surprising incongruity was most agreeable.

"How's it going?" she sang out. Her voice was sweet and musical.

"How's it going, Güera," a chorus answered her from a courtyard, from a gate, or from a door.

Wherever she went she took laughter and smiles. Tierra Amarilla was rich because La Güera was ours.

Soon enough we realized that Marilú had a marked preference for the company of men. Where the men gathered, Marilú drew near. She knew how to compete with them in jokes, jests, riddles, and in songs, too. Her golden laughter and her pearly voice rose and shone over the men's voices of earth and rock. In the store, in the cantina, in the courtyard, or in the corral. She knew how to tangle with them in other ways. No one defeated her in arm wrestling.

They found her so charming and so daring that someone eventually made the obvious mistake. One day a fresh guy touched her untouchables. Marilú tensed, froze for an instant. Then she let loose her fury. She gave the offender a punch in the snout which sent him reeling, then rolling across the cantina. She laid him out and put him to sleep. The men present celebrated and applauded this. And more than ever Marilú was one of them. From then on, no one ever again dared to touch Marilú's untouchables. Only once did someone dare to tell an off-color story in her presence. Marilú tensed, froze for an instant. Then she laid him out and put him to sleep in the well-known manner. Never again was anyone off color when La Güera was present.

Of course, all these adventures of La Güera were talked about everywhere with pleasure and delight. La Güera's odd habits stopped being offensive. La Güera was growing in dignity, respect, and affection.

Atilano Valdez was the son of Julio Valdez. They lived on a ranch near Tierra Amarilla. Atilano was tall, strong, and robust. He did not often come to the village. When he came, he came alone. He was solitary, quiet, and formal. Perhaps a dreamer, perhaps melancholy, perhaps a poet. In the café or the cantina he

—Quihúbole —cantaba. Su voz era dulce y musical.

—Quihúbole, Güera —le contestaba un coro de una resolana, de un portal, o de una puerta.

A dondequiera que iba llevaba risas y sonrisas. Tierra Amarilla era rica porque la Güera era nuestra.

Bien pronto nos dimos cuenta que Marilú tenía una marcada preferencia por la compañía de los hombres. Donde los hombres se reunían, allí se acercaba Marilú. Se sabía batir con ellos en bromas, chistes, adivinanzas y también en canciones. Su risa de oro y su voz de perla subían y lucían sobre la voz de tierra y piedra de los hombres. En la tienda, en la cantina, en la resolana o en el corral. Sabía trabarse con ellos de otras maneras. A la lucha de mano no le ganaba nadie.

La veían tan graciosa y tan atrevida que hubo quien se equivocara. Un día un fresco le tocó sus partes intocables. Marilú se entiesó, se congeló por un instante. Luego se desató hecha una furia. Le dio un soplamocos al ofensor que lo envió trastrabillando primero, después rodando, através de la cantina. Lo acostó y lo durmió. Esto lo celebraron y lo aplaudieron los hombres allí presentes. Y más que nunca Marilú fue uno de ellos. Desde luego, nadie más se volvió a atrever a tocarle a Marilú lo intocable. Sólo una vez se atrevió uno a contar un cuento verde en su presencia. Marilú se entiesó, se congeló, por un instante. Después lo acostó y lo durmió de la manera consabida. Nunca más se vistió de verde ningún macho cuando la Güera estaba presente.

Claro que todas estas aventuras de la Güera se comentaban en todas partes con gusto y alegría. Las costumbres raras de la Güera dejaron de ser ofensivas. La Güera iba creciendo en dignidad, respeto y cariño.

Atilano Valdez era hijo de don Julio Valdez. Vivían en un rancho cerca de Tierra Amarilla. Atilano era alto, fuerte y robusto. No venía mucho al pueblo. Cuando venía se la pasaba solo. Era solitario, callado y formal. Quizás soñador, quizás melancólico, quizás poeta. En el café o en la cantina nunca entraba en el barullo o en las querellas de los demás. Ya todos lo sabían y lo dejaban solo.

Cuando Marilú se adhirió a los hombres, Atilano no le quitaba los ojos. Si alguna vez ella lo cogía en el acto, él se sonrojaba y volvía la vista a otro lado. De vez en cuando se sonreían.

Marilú no pudo menos que percatarse de la atención cons-

never got involved in the tumult or the quarrels of the others. Everyone certainly knew it and left him alone.

When Marilú joined the men, Atilano's eyes never left her. If sometimes she caught him in the act, he blushed and turned his gaze to the other side. From time to time they smiled at each other.

Marilú could not help but become aware of the constant attention which this quiet and solitary man paid her. She began to pay attention to him more and more. She noticed that he was handsome, that his gaze and the lines of his face showed strength of character and depth of feeling. She became convinced that he was gentle, sweet, and generous.

Sometimes their looks crossed, coupled, for a magic instant. Who knows how many things were said without saying anything? But she respected his solitude and never said a word to him. He couldn't or didn't find a way to say a word to her.

One day Eusebio, one of those boors who are found everywhere, let loose a crude barbarity referring to La Güera. Atilano sprung like a wild beast from where he was in defense of the good name of the beautiful Amazon who was not there to defend herself. Eusebio did not back down and a really fierce fight began.

Marilú arrived at the cantina when the festival was at its high point. Shouting, grunts, growls. She asked what was going on. No one paid any attention to her. She also began to shout. "Give it to him, Atilano! Give it to him!"

When it became obvious that Atilano would win, Sergio, Eusebio's brother, jumped on Atilano from behind. Marilú tensed, froze, and quickly attacked. The fight did not last long. Eusebio and Sergio soon found themselves on the floor stretched out and asleep. Atilano and Marilú left the cantina together.

The following Sunday was a day of open mouths, of things never seen before. In the afternoon, when couples usually went strolling, Atilano and Marilú appeared hand in hand. But La Güera ws no longer the blonde we knew. The truth is that she was blonder than she was before, perhaps blonde for the first time. She appeared without the red kerchief. Her hair of gold fell in waves and cascades over her shoulders to her waist. She wore a simple dress which outlined her untouchables in a way most touchable. Silk stockings. High-heeled shoes. Rosy cheeks, red lips, polished nails. It had never occurred to anyone, with the possible exception of Atilano, that Marilú was so feminine and beautiful, so tremen-

tante que le dedicaba este hombre callado y solitario. Ella empezó a mirar más y más al hombre silencioso. Empezó a fijarse más y más. Notó que era guapo, que su mirada y las líneas de su cara demostraban fuerza de carácter y profundidad de sentimiento. Se convenció que era suave, dulce y generoso.

Alguna vez sus miradas se cruzaron, se engancharon, por un instante mágico. Quién sabe cuántas cosas no se dirían sin decirse nada. Mas ella respetó su soledad y nunca le dijo palabra. El no pudo o no supo decirle palabra a ella.

Un día Eusebio, uno de esos brutos que hay en todas partes, soltó una soez barbaridad refiriéndose a la Güera. Atilano saltó como una fiera de donde estaba en defensa de la fama de una bella dama amazona que no estaba allí para defenderse. El otro no se hizo atrás y se armó una feroz y real pelea.

Marilú llegó a la cantina cuando la fiesta estaba en su apogeo. Gritería, pujidos, gruñidos. Preguntó qué pasaba. Nadie le hizo caso. Ella también empezó a gritar. "¡Dale, Atilano, dale!"

Cuando se hizo patente que Atilano iba ganando, Sergio, hermano de Eusebio, le saltó a Atilano por detrás. Marilú se entiesó, se congeló, y pronto atacó. No duró la pelea. Eusebio y Sergio pronto quedaron en el suelo acostados y dormidos. Atilano y Marilú salieron de la cantina juntos.

El siguiente domingo fue un día de bocas abiertas, de cosas nunca vistas. Por la tarde cuando las parejas salen de paseo, aparecieron Atilano y Marilú de la mano. Pero la Güera ya no era la güera que nosotros conocíamos. La verdad es que era más güera que lo que antes era, acaso güera por vez primera. Apareció sin el pañuelo rojo. Una cabellera de oro caía en ondas y cascadas sobre sus hombros hasta su cintura. Llevaba un vestido sencillo que dibujaba sus intocables de la manera más tocable. Medias de seda. Zapatos de tacón alto. Mejillas rosadas, labios rojos, uñas coloradas. A nadie se le había ocurrido, con la posible excepción de Atilano, que Marilú fuera tan feminina y bella, tan tremendamente seductora. ¡Cuántos tesoros limpios y puros no había guardado para el hombre digno de sus amores!

Se casaron, claro. Se entiende que Atilano se acostó y se durmió voluntaria y gustosamente. Con Marilú y no con dolores.

A esta distancia y a través de muchos años me dicen que Atilano y Marilú tuvieron cuatro hijos altos, fuertes y robustos. Espero que cada uno tenga un mucho de Marilú y otro tanto de Atilano.

dously seductive. How many treasures had she not kept clean and pure for the man deserving of her love.

They were married, of course. It is understood that Atilano lay down and slept voluntarily and with pleasure. With Marilú and not with aches and pains.

From this distance and after many years they tell me that Atilano and Marilú had four sons, all tall, strong, and robust. I hope each one has a lot of Marilú and just as much of Atilano.

A Bear and a Love Affair

It was towards the end of June. The lambing and the shearing had ended. The flock was already heading up the mountain. Abrán was pointing, directing the flock. I was in front with six loaded burros. From here on out life would be slow and peaceful.

I found a suitable site. Unloaded the burros. Put up the tent. Cut pine branches for the beds. I started fixing lunch for when Abrán came. The first sheep were already arriving. From time to time I went out to hold them back, to turn them so that they would become accustomed to their first campsite.

The grass was high, fresh, and thick. The aspens were high and white; their trembling leaves were singing a song of life and joy. Aromas and flowers. Ice-cold, crystal-clear water in the stream. All was peace and harmony. That is why the gods live in the mountains. The sierra is an eternal fiesta.

The little pots boiling. The sheep grazing or sleeping. I contemplated the beauty and the grandeur of nature.

Suddenly I heard familiar voices and laughter. I let out a shout. They were my friends from Tierra Amarilla. Abelito Sánchez, accompanied by Clorinda Chávez and Shirley Cantel. The four of us were juniors in high school. We were fifteen years old.

We unsaddled and staked out their horses. And we proceeded to enjoy the moment. There was so much to say. Questions. Jokes. So much laughter to renew. Now as I remember it I tremble. How beautiful all of that was! We were young. We knew how to care and how to sing. Without liquor, without drugs, without vulgar forwardness.

When Abrán came, we ate. I had tasty ribs of lamb roasted over the embers. They had brought goodies not usually found in

Un oso y un amor

Era ya fines de junio. Ya había terminado el ahijadero y la trasquila. El ganado iba ya subiendo la sierra. Abrán apuntando, dirigiendo. Yo, adelante con seis burros cargados. De aquí en adelante la vida sería lenta y tranquila.

Hallé un sitio adecuado. Descargué los burros. Puse la carpa. Corté ramas para las camas. Me puse a hacer de comer para cuando llegara Abrán. Ya las primeras ovejas estaban llegando. De vez en cuando salía a detenerlas, a remolinarlas, para que fueran conociendo su primer rodeo.

El pasto alto, fresco y lozano. Los embletes altos y blancos, sus hojas agitadas temblando una canción de vida y alegría. Los olores y las flores. El agua helada y cristalina del arroyo. Todo era paz y harmonía. Por eso los dioses viven en la sierra. La sierra es una fiesta eterna.

Las ollitas hervían. Las ovejas pacían o dormían. Yo contemplaba la belleza y la grandeza de la naturaleza.

De pronto oí voces y risas conocidas. Lancé un alarido. Eran mis amigos de Tierra Amarilla. Abelito Sánchez, acompañado de Clorinda Chávez y Shirley Cantel. Los cuatro estábamos en tercer año de secundaria. Teníamos quince años.

Desensillamos y persogamos sus caballos. Y nos pusimos a gozar el momento. Había tanto que decir. Preguntas. Bromas. Tanta risa que reanudar. Ahora al recordarlo me estremezco. ¡Qué hermoso era aquello! Eramos jóvenes. Sabíamos querer y cantar. Sin licor, sin drogas, sin atrevimientos soeces.

Cuando llegó Abrán comimos. Yo tenía un sabroso y oloroso costillar de corderito asado sobre las brasas. Ellos habían traído golosinas que no se acostumbran en la sierra. La alegría y la buena

the mountains. The joy and the good food, the friendship and the idyllic site turned it all into a feast to remember always.

Shirley Cantel and I grew up together. As children we went to the same school. I carried her books. Later we'd go bring the cows in every afternoon. We'd play in the stables or in the piles of hay. We had horse races. We had the important roles in the school plays. We always competed to see who would get the best grades. It never occurred to us that we might be in love. We found that out this past year for the first time. I don't know how. Now things were serious. Seeing her today was like a glorious dream.

Shirley had a white dove that attracted a great deal of attention. She always took her out when she rode horseback. The dove rode on her shoulder or on the horse's mane or rump. It got to know me and like me, too. Sometimes the dove rode with me. She would fly away and return. The dove was another sentimental bond between us two. That day, she recognized me. Immediately she landed on my shoulder. Her sensual cooing in my ear was a message of love from her mistress.

Shirley was a gringa but she spoke Spanish as well as I did. This was common in Tierra Amarilla. Almost all the gringos of those days spoke Spanish. We were one single society. We got along very well.

Jokes and pranks. Laughter and more laughter. Fleeting flirtation. Loaded questions. Unexpected answers. The party at its height.

Suddenly the sheep are frightened. The flock whips from one side to another. It comes at us in waves. Bleats of terror. Something is scaring the sheep.

I grab the rifle. I tell Shirley, "Come with me." We go, holding hands. As we come around a bush, we run into a bear. He has downed a sheep. He has ripped out its entrails. His mouth is bloody. We are very near.

Ordinarily the bear runs away when he meets a man. There are exceptions: when there are cubs, when he's wounded, when he has tasted blood. Then he becomes mean. Even a dog becomes mean when he is eating.

This was a young bear. He probably was two or three years old. These are more daring and more dangerous. We interrupted his meal. He became furious. He came at us.

The others had come close. They were contemplating the drama. The bear approached slowly. He stopped, shook his head,

comida, la amistad y el sitio idílico convirtieron aquello en un festín para recordar siempre.

Shirley Cantel y yo crecimos juntos. Desde niños fuimos a la escuela juntos. Yo cargaba con sus libros. Más tarde íbamos a traer las vacas todas las tardes. Jugábamos en las caballerizas o en las pilas de heno. Teníamos carreras de caballo. En las representaciones dramáticas en la escuela ella y yo hacíamos los papeles importantes. Siempre competimos a ver quién sacaba las mejoras notas. Nunca se nos ocurrió que estuviéramos enamorados. Este año pasado, por primera vez, lo descubrimos, no sé cómo. Ahora la cosa andaba en serio. Verla hoy fue como una ilusión de gloria.

Shirley tenía una paloma blanca que llamaba mucho la atención. Siempre la sacaba cuando montaba a caballo. La paloma se le posaba en un hombro, o se posaba en la crin o las ancas del caballo. Llegó a conocerme y a quererme a mí también. A veces la paloma andaba conmigo. Volaba y volvía. La paloma era otro puente sentimental entre nosotros dos. Hoy me conoció. De inmediato se posó en mi hombro. Su cucurucú sensual en mi oído era un mensaje de amor de su dueña.

Era gringa Shirley pero hablaba el español igual que yo. Esto era lo ordinario en Tierra Amarilla. Casi todos los gringos de entonces hablaban español. Eramos una sola sociedad. Nos llevábamos muy bien.

Chistes y bromas. Risas y más risas. Coqueteos fugaces. Preguntas intencionadas. Contestaciones inesperadas. La fiesta en su apogeo.

De pronto el ganado se asusta. Se azota de un lado a otro. Se viene sobre nosotros como en olas. Balidos de terror. Algo está espantado al ganado.

Cojo el rifle. Le digo a Shirley, "Ven conmigo." Vamos de la mano. Al doblar un arbusto nos encontramos con un oso. Ha derribado una oveja. Le ha abierto las entrañas. Tiene el hocico ensangrentado. Estamos muy cerca.

Ordinariamente el oso huye cuando se encuentra con el hombre. Hay excepciones: cuando hay cachorros, cuando está herido, cuando ha probado sangre. Entonces se pone bravo. Hasta un perro se pone bravo cuando está comiendo.

Este era un oso joven. Tendría dos o tres años. Estos son más atrevidos y más peligrosos. Le interrumpimos la comida. Se enfureció. Se nos vino encima.

and growled. We backed away little by little. Until we backed into a fallen tree. There was no choice. We would have to face the beast.

Nobody tried to help me. No one said anything. The girls were quiet. No hysteria. Perhaps if I had been alone, I would have been half dead with fear. But there was my girlfriend by my side. Her life depended on me. The others were watching me.

Never had I felt so much in control of myself. Never so much a man, never such a macho. I felt primitive defending my woman. She and the others had faith in me.

I raised the rifle. Aimed. Steady, sure. Fired. The bullet went into the open mouth and came out the back of the neck. The shot echoed through the sierra. The bear fell dead at our feet. Shirley put her arms around me. I almost died of happiness.

I skinned the animal myself. I felt its warm blood on my hands and on my arms. I felt like a conquistador.

On one occasion I had given Shirley a ring my mother had given me. On another, a box of candy. This time I gave her the skin of the bear she met in a fearful moment. When she left, she took with her the skin carefully tied with her saddle straps.

The years went by. I went to one university, she to another. That separated us. Then came a war that separated us more. When a river branches in two, there is no way those two rivers can come together again.

I have not seen her again since those days. From time to time someone tells me something about her. I know she married, has a family, and lives far away from here. Now and then I remember with affection the beauty of the youth I shared with her.

Recently an old friend told me that he saw her there where she lives and met her family. He told me that on the floor, in front of the fireplace, she has a bearskin. She remembers, too.

Los demás se habían acercado. Estaban contemplando el drama. El oso se nos acercaba lentamente. Se paraba, sacudía la cabeza y gruñía. Nosotros reculábamos poco a poco. Hasta que topamos con un árbol caído. No había remedio. Tendríamos que confrontarnos con el bicho.

Nadie hizo por ayudarme. Nadie dijo nada. Las muchachas calladas. Nada de histeria. Quizás si hubiera estado solo habría estado muerto de miedo. Pero allí estaba mi novia a mi lado. Su vida dependía de mí. Los otros me estaban mirando.

Nunca me he sentido tan dueño de mí mismo. Nunca tan hombre, nunca tan macho. Me sentí primitivo, defendiendo a mi mujer. Ella y los demás tenían confianza en mí.

Alcé el rifle. Apunté. Firme, seguro. Disparé. El balazo entró por la boca abierta y salió por la nuca. El balazo retumbó por la sierra. El oso cayó muerto a nuestros pies. Shirley me abrazó. Quise morirme de felicidad.

Desollé al animal yo mismo. Sentí su sangre caliente en mis manos, y en mis brazos. Me sentí conquistador.

En una ocasión le había regalado yo a Shirley un anillo que mi madre me había dado a mí. En otra una caja de bonbones. En esta ocasión le regalé la piel de un oso que ella conoció en un momento espantoso. Cuando se fue se llevó la piel bien atada en los tientos de la silla.

Pasaron los años. Yo me fui a una universidad, ella, a otra. Eso nos separó. Después vino una guerra que nos separó más. Cuando un río se bifurca en dos, no hay manera que esos dos ríos se vuelvan a juntar.

No la he vuelto a ver desde esos días. De vez en vez alguien me dice algo de ella. Sé que se casó, que tiene familia y que vive muy lejos de aquí. Yo me acuerdo con todo cariño de vez en vez de la hermosa juventud que compartí con ella.

Recientemente un viejo amigo me dijo que la vio allá donde vive y conoció a su familia. Me dijo que en el suelo, delante de la chiminea, tiene ella una piel de oso. También ella se acuerda.

Adolfo Miller

Don Anselmo and Doña Francisquita had only one daughter. Her name was Francisquita also. At the right time and for the right reasons that daughter married my uncle Victor. It is because of this relationship that I know the story I am going to tell.

In the peaceful life of Tierra Amarilla there appeared one day a homeless little blond gringo. Nobody knew where he came from, if he had a family, or what he wanted. The only thing we knew was that he was there. He said his name was Adolfo Miller.

Nobody knew where he slept or what he ate. His clothes were old and tattered. The poor guy didn't even have a place to drop dead in.

The kid was sharp. He was friendly. He had a smile that won everyone over. Little by little he won the friendship of everyone. He spoke outlandish Spanish. Wherever he went he left smiles and laughter. He laughed more than anyone.

He came to Don Anselmo's store and asked for work. Don Anselmo hired him. He gave him small jobs to do: sweeping the floor, putting things away, making deliveries. Adolfo put his heart and soul into his work. Very soon he won the good will and confidence of Don Anselmo.

After a short time he took him home and gave him additional tasks: feeding the stock, milking the cows, cleaning the barns. Adolfo now spent his time running between the house and the store. Very comfortable living quarters were fixed up for him in the barn. He ate with the family.

Meanwhile Adolfo was becoming more Hispanic every day. It

Adolfo Miller

Don Anselmo y doña Francisquita tuvieron sólo una hija. La hija se llamaba Francisquita también. A su debido tiempo y por debidas razones esa hija se casó con mi tío Víctor. A través de este parentesco conozco la historia que voy a contar.

En la vida apacible de Tierra Amarilla apareció un día un rubio gringuito mostrenco. Nadie sabía de donde venía, si tenía familia o qué quería. Lo único que se supo es que allí estaba. Dijo que se llamaba Adolfo Miller.

Dormía quién sabe dónde, comía quién sabe qué. Su ropa era vieja y rota. El pobre no tenía en qué ni donde caer muerto.

El chico era listo. Era amable. Tenía una sonrisa que deshacía los corazones. Poco a poco se fue ganado las simpatías de todos. Hablaba un español macarrón. Dondequiera que iba dejaba risas y sonrisas. El se reía más que nadie.

Se acercó a la tienda de don Anselmo a pedir trabajo. Don Anselmo lo empleó. Le dio pequeñas tareas: barrer el piso, alzar cosas, hacer entregas. Adolfo se echó cuerpo y alma en su trabajo. Pronto se ganó la buena voluntad y la confianza de don Anselmo.

Después de poco tiempo se lo llevó a casa y le dio más quehaceres: asistir los animales, ordeñar las vacas, limpiar las caballerizas. Adolfo ahora se pasaba el tiempo corretiando entre la tienda y la casa. Se le arregló un dormitorio bien cómodo en la caballeriza. Comía con la familia.

Entretanto Adolfo se hacía más hispano cada día. Casi podía decirse que era más hispano que los hispanos. Ahora hablaba un

could almost be said that he was more Hispanic than the Hispa-
nics. Now he spoke perfect Spanish. His way was ours. People
now took him for Don Anselmo's son.

Adolfo was handsome. Francisquita was beautiful. Something
could have happened between them. He wanted it. She did, too.
There were eloquent looks between them. There were times when
he winked at her and she winked back. There were times when
he entered the kitchen with a bucket of water. They were alone.
A moment. Nothing. The vigilance of Doña Francisquita and the
stern character of Don Anselmo were always in the way. Nothing
could ever happen. Don Anselmo's grandchildren could have
been Millers, but it didn't happen that way.

By this time Adolfo was in charge of Don Anselmo's most
serious business matters. It was his business to go to Chama
every day to make the deposits in the bank. He ran the ranch in
Ensenada. He cut out the stock for sale. He hired and fired hands
for the house and for the ranch. Don Anselmo had the son he had
always wanted. Maybe Adolfo had found the father he had lost.

But there were other sides to Adolfo. He was the most quarrel-
some, the most daring macho at the Saturday night dances. On
many occasions Don Anselmo had to go get Adolfo out of jail. I
don't think this bothered the old man. I think Adolfo was doing
what the old man had always wanted to do and never did. It
seemed Don Anselmo was proud of his protégé.

This was the way things were when my uncle Victor returned
from the university. He was elegant, cultured, and arrogant. At
social events he soon became aware of Francisquita. She was the
most beautiful girl, the most charming in every way, in that whole
valley. They liked each other, they fell in love, they got married.
My uncle Victor changed her name to Frances.

Things changed. Don Anselmo turned over to his new son-in-
law the administration of his affairs. The son-in-law was proud,
elegant, and perhaps vain. Adolfo, of necessity, had to take second place.

Adolfo was no longer a boy of fifteen. He had become accustomed to being the favorite son: almost the owner, almost the
master. Now, all of a sudden he was worth less. A college boy,
fresh out of the university, had come with empty hands to take the
place Adolfo had earned with sacrifice and hard work. Had come
to take the woman he deserved and who loved him as he loved
her.

español perfecto. Su manera de ser era la nuestra. La gente lo tomaba ya como hijo de don Anselmo.

Adolfo era guapo. Francisquita era linda. Pudo haber nacido entre los dos algo. El lo quiso. Ella también lo quiso. Hubo miradas entre ellos que lo dicen todo. Hubo ocasiones en que él le guiñó el ojo, y ella le correspondió. Hubo ocasiones cuando él entró con un cubo de agua a la cocina. Se encontraron solos. Un momento. Nada. La vigilancia de doña Francisquita y el recio carácter de don Anselmo siempre estaban entre medio. Nunca pudo pasar nada. Los nietos de don Anselmo pudieron habido sido Millers pero no fue así.

Adolfo ahora se ocupaba de los más serios problemas de don Anselmo. El se encargaba de ir a Chama todos los días a hacer los depósitos en el banco. Administraba el rancho en la Ensenada. Apartaba el ganado para vender. Contrataba y despedía peones para la casa y para el rancho. Don Anselmo tenía el hijo que siempre había querido. Adolfo quizás había encontrado el padre que había perdido.

Pero Adolfo tenía otras facetas. Era el macho más pendenciero, el más atrevido, en los bailes los sábados por la noche. En muchas ocasiones don Anselmo tuvo que ir a sacar a Adolfo de la cárcel. No creo que esto molestara al viejo. Creo que acaso Adolfo estaba haciendo lo que el viejo quiso hacer y nunca hizo. Parecía que don Anselmo se sentía orgulloso de su protegido.

Así andaban las cosas cuando volvió mi tío Víctor de la universidad. Vino elegante, culto y arrogante. En las reuniones sociales pronto se dio cuenta de Francisquita. Era ella la más bella, la más atractiva en todo sentido, de todo ese valle. Se quisieron, se enamoraron, se casaron. Mi tío Víctor le cambió el nombre a Frances.

Las cosas cambiaron. Don Anselmo le pasó al nuevo yerno la administración de sus negocios. El yerno era orgulloso, galán y acaso vanidoso. Adolfo, por fuerza, tuvo que pasar a segundo lugar.

Adolfo ya no tenía quince años. Se había acostumbrado a ser el hijo predilecto, casi el dueño, casi el señor. Ahora, de pronto, valía menos. Un señorito, salido de la universidad, viene con las manos limpias a tomar el lugar que él se ganó con sacrificio y dedicación. Viene a quitarle la mujer que él se merece, y que le quiere como él la quiere a ella.

Adolfo se aguantó. Se calló. No dijo nada. Siguió las instruc-

Adolfo put up with it. He kept his mouth shut. He didn't say a word. He followed the instructions his new boss gave him. Serene, quiet, and serious he continued doing his job as before. Except that it was no longer the same. The smiles, the laughter, and the friendliness disappeared. The fights and the boozing on Saturday nights also disappeared. Adolfo was still Adolfo, but he was no longer the same. There, deep in his gut, he carried a deep and violent resentment.

For many years Don Anselmo had handled the sale of calves for the whole family. In many cases he agreed to sell calves belonging to friends of the family. The stock was taken to Chama, the necessary number of railroad cars were contracted for, with arrangements for feeding at predetermined train stops. When the shipment arrived in Denver, it was sold at auction. This procedure was far more practical and economical. Stockmen earned more if they sold directly. Otherwise the buyer would run off with the profit.

Adolfo had already made this trip and had this adventure for several years. Suddenly Victor is the one in charge. Adolfo is the assistant.

They arrive in Denver. They sell the stock. Some one thousand head. About thirty thousand dollars. A good sale. They are happy. They are satisfied.

They go to the Brown Palace, the most elegant hotel in Denver. There they are. Victor, the new owner, the new husband. Adolfo, the former boss, the new bachelor. The job has been difficult. They are tired.

Victor says, "I'm going to take a bath." Adolfo says, "I'm going for cigarettes and a bottle of whiskey." Victor takes a bath. Adolfo leaves. He leaves forever. And he never returns. And he takes the $30,000 with him.

All of the actors in this drama are now dead. But everyone remembers. Don Anselmo had to pay everyone's share out of his own pocket. Adolfo disappeared forever.

Who can know the why of all of this? One wonders why did he do it? Is it that Adolfo had to swallow his pride when Victor took Francisquita away from him and changed her name to Frances? Nobody knows how much Don Anselmo paid Adolfo, perhaps not much. And is it that Adolfo was collecting what was honestly due him? Is it that Adolfo was a conniving, opportunistic gringo who sought and waited for his chance? Is it that some un-

ciones que su nuevo jefe le dio. Sereno, callado y serio seguía haciendo sus quehaceres como antes. Excepto que ya no era lo mismo. La sonrisa, la risa, la amabilidad desaparecieron. Las peleas y las borracheras los sábados por la noche también desaparecieron. Adolfo era Adolfo, pero ya no era el mismo. Allí detrás del ombligo llevaba un hondo y violento resentimiento.

Por muchos años don Anselmo se había encargado de la venta de becerros de toda la familia. En muchos casos se aceptaban becerros de amigos de la familia. Se llevaba el ganado a Chama, se alquilaban el número indicado de carros de ferrocarril, con arreglos para pastura en determinadas paradas del tren. Cuando la embarcadura llegaba a Denver se vendía el ganado a subasta. Este procedimiento era mucho más práctico y más económico. Los ganaderos ganaban más si vendían directamente. De otra manera el comprador se llevaba la ganancia.

Ya por varios años Adolfo había hecho este viaje y esta aventura. De pronto, Víctor es el encargado. Adolfo es el asistente.

Llegan a Denver. Venden el ganado. Serían mil cabezas. Serían treinta mil dólares. Buena venta. Contentos. Satisfechos.

Se van al Brown Palace, el hotel más elegante de Denver. Allí están. Víctor, el nuevo dueño. El nuevo esposo. Adolfo, el viejo jefe. El nuevo soltero. El trabajo ha sido pesado. Están cansados.

Víctor dice, "Voy a darme un baño." Adolfo dice, "Voy por cigarros y una botella de whiskey." Víctor se baña. Adolfo se va. Se va para siempre. Y nunca vuelve. Y se lleva los $30,000.

Ya todos los participantes de este drama han muerto. Pero todo el mundo se acuerda. Don Anselmo tuvo que pagar de su propia cuenta la parte que les tocaba a cada quien. Adolfo Miller desapareció para siempre.

¿Quién puede saber el porqué de todo esto? Uno se pregunta, ¿Por qué lo hizo? ¿Es que Adolfo se tragó su propia saliva cuando Víctor le quitó a Francisquita, y que le cambió el nombre a Frances? Nadie sabe cuánto le pagaba don Anselmo a Adolfo, quizás no mucho. ¿Y es que Adolfo estaba cobrando lo que honradamente se le debía? ¿Es que era un gringo fregado y aprovechado que esperó y buscó su oportunidad? ¿Es que fueron unos nuevomexicanos fregados que supieron aprovecharse de un noble, gentil y hermoso gringo? ¿O es, como dijeron muchos, que uno cría cuervos para que le saquen los ojos?

Yo no sé, pero me pregunto. Me supongo que mi tía Francis-

principled New Mexicans took advantage of a noble, gallant, and generous gringo? Or is it, as many people said, that if you raise crows they will peck out your eyes?

I don't know, but I wonder. I suppose my aunt Francisquita remembered and cried in silence for a great love that might have been and never was. I think also that Don Anselmo always remembered the son he never had, the son he had one day and lost forever another day. I haven't the least idea what my uncle Victor thought or believed. He never said.

quita recordó y lloró en silencio un gran amor que pudo ser y nunca fue. Creo también que don Anselmo recordó siempre el hijo que nunca tuvo, y un día tuvo, y otro día perdió para siempre. No tengo la menor idea qué pensó o qué creyó mi tío Víctor. El no dijo nada nunca.

Don Nicomedes

Don Nicomedes was preparing the evening meal. There was a coffee pot and a pot of beans on the small stove. He was stirring the meat and potatoes. The bread was rising in the oven. The tent was full of the delightful aromas and the promise of late afternoon.

Outside the sheep were grazing peacefully. The flock was scattered and spread out as far as the other side of the hill. The sun was setting in the west. Peace and silence in the world. It was time to bring in the flock. It was time to eat.

Don Nicomedes had been my grandfather's foreman for many years. Since my grandfather's death he had been my father's foreman. He was a trustworthy, serious, silent man, as the men who spend their lives alone in the wilderness with the flocks usually are. Everyone called him "Don." This time Manuel, his assistant and companion for nine months at the winter pasture, wasn't there. My father had come to bring them provisions and had given Manuel permission to visit his family. He took his place.

The flock was a big one, some fifteen hundred sheep. In the field you don't drive the sheep so that you won't damage the grass. You point the flock in the direction of the camp and allow it to move slowly at its own pace. The sheep know this already and they start to move and gather by themselves. The process is slow. It would be dark this evening when the last sheep entered the campsite. My father was on the other side of the hill guiding the flock slowly from a distance.

Four riders approached the tent. They were cowboys. Cowmen and sheepmen did not get along. There were conflicts and confrontations between them always. There were gunfights and even deaths.

Don Nicomedes

Estaba don Nicomedes haciendo de comer. Había sobre la pequeña estufa una cafetera y una olla de frijoles. El estaba meneando las papas y carne picada. En el horno el pan se estaba alzando. La carpa estaba llena de sabrosos aromas y de la promesa de la tarde.

Afuera las ovejas pacían tranquilamente. El ganado estaba esparcido y abierto hasta el otro lado de la ladera. El sol se estaba poniendo en el oeste. Paz y silencio en el mundo. Era hora de recoger el ganado. Era hora de comer.

Don Nicomedes había sido el caporal de mi abuelo por muchos años. Desde la muerte del abuelo había sido el caporal de mi padre. Hombre de confianza, formal y silencioso como suelen ser esos hombres que se pasan la vida en el campo solos con el ganado. Todos le daban el título de "don". Esta vez no estaba Manuel, el campero, su ayudante y compañero por nueve meses en el invernadero. Mi padre había venido a traerles provisiones y le dio permiso a Manuel a que fuera a visitar a su familia. El se quedó en su lugar.

La partida era grande, unas mil quinientas ovejas. En el campo no se arrea el ganado para no estropear el pasto. Se le apunta en la dirección del rodeo y se le permite que vaya poco a poco a su propio paso. Y el ganado sabe y solo empieza a moverse y a recogerse. El proceso es lento. Ya estaría oscuro esta tarde cuando las últimas ovejas entrarían en el rodeo. Mi padre andaba del otro lado de la loma apuntando el ganado desde lejos y poco a poco.

Cuatro jinetes se acercaron a la carpa. Eran vaqueros. Los vaqueros y los borregueros no se llevaban bien. Había conflictos y confrontaciones entre ellos. Hubo heridos y hasta muertos.

One of them shouted, "Hey, Mexican, come out here!" Don Nicomedes came out to see what was going on and he found himself face-to-face with four gringos with drawn six-guns.

"Dance, Mexican, dance!" They started shooting at his feet. Little puffs of dust rose all around the feet of the sheepherder. "Dance, Mexican, dance!" Laughter, cuss words. Although the old sheepherder didn't know English, he knew very well what they wanted. They wanted to make fun of him, amuse themselves at his expense.

But it was no use. The old sheepherder didn't dance. Bullets buzzed by him on all sides. He stood his ground, tall and straight. Immovable. As if he were of stone. Not a word. In his eyes a thick and heavy hatred. His entire being a pent-up fury.

The laughter ended. They became enraged. They wanted to humiliate him, reduce him to nothing. The old New Mexican's heroism and courage had humiliated and reduced them instead. It was obvious. He was worth more. They were worth less.

Their fury reached such a pitch that one of them rode up and struck Don Nicomedes with his reins. It was like striking a statue. The old man didn't move, didn't change expression. He didn't even blink. Two red welts appeared across the face of the man of stone.

At that same moment a deep, dry voice was heard. "Drop your guns or drop." It was the voice of my father. He heard the shooting and came running to see what was going on. The four gringos were so obsessed with torturing their victim that they didn't even hear him come. Four guns fell to the ground.

The statue exploded. He jumped as if hurled from a catapult. He entered the tent and came out with his ancient .45 with the wooden handle and the extra-long barrel. The red welts on his face almost shining. His eyes throwing off sparks. His mouth spitting bad words. Don Nicomedes was a fury, a wildness, a fever. He was crazy with rage and hate.

The gringos were the problem at the beginning. Now Don Nicomedes was the problem. In his madness he really wanted to kill four defenseless young men. "Not one of these bastards gets out of here alive!"

My father had to stand between the enraged old man and the shaking youngsters. He had to tell them to get the hell out of

Uno de ellos gritó, "Hey, Mexican, come out here!" Don Nicomedes salió a ver qué pasaba y se encontró con cuatro gringos con la pistola en la mano.

"Dance, Mexican, dance!" Empezaron a dispararle a los pies. Se alzaban los polvitos alrededor de los pies del pastor. "Dance, Mexican, dance!" Risotadas, malas palabras. Aunque el viejo pastor no sabía inglés, supo muy bien lo que querían. Querían burlarse de él, divertirse a su costa.

Pero no les valió. El viejo pastor no bailó. Le zumbaban las balas por todos lados. El tieso, alto y derecho. Inmovible. Como si fuera de piedra. Ni una palabra. En los ojos un grueso y espeso odio. Todo él una furia congelada.

Las risas terminaron. Se pusieron rabiosos. Quisieron humillarlo, reducirlo a nada. La valentía y el coraje del viejo nuevo mexicano los había humillado y reducido a ellos. Era patente. El valía más. Ellos valían menos.

A tal punto llegó su rabia que uno de ellos se acercó y azotó a don Nicomedes con las riendas. Fue como si azotara a una estatua. El viejo no se movió, no cambió de expresión. Ni siquiera parpadeó. Se pintaron dos rayas rojas a través de la cara del hombre de piedra.

En ese mismo momento se oyó una voz honda y seca, "Drop your guns, or drop." Era la voz de mi padre. Oyó el tiroteo y vino corriendo a ver qué pasaba. Los cuatro gringos estaban tan obsesionados en martirizar a su víctima que ni lo sintieron llegar. Cayeron cuatro pistolas al suelo.

Se desató la estatua. Saltó como de un resorte. Entró en la carpa y salió con su antigua 45 con sus cachas de madera y el cañon demasiado largo. Las rayas rojas de la cara casi brillando. Los ojos lanzando chispas. La boca disparando malas palabras. Don Nicomedes era una furia, una fiera, una fiebre. Estaba loco de odio y rabia.

Al principio el problema fueron los gringos. Ahora el problema era don Nicomedes. En su locura de veras quería matar a cuatro indefensos jóvenes. "¡De aquí no sale ni uno de estos desgraciados vivo!" "Desgraciado" era muy mala palabra en Tierra Amarilla.

Mi padre tuvo que interponerse entre el furioso viejo y los temblorosos jóvenes. Tuvo que decirles que se fueran a hacer

there. He had to pacify his indignant and beloved friend. The gringos left, whiter than they were when they came.

This was unbelievable. The most peaceful, most serene, and
kindest man had become a vindictive monster in one instant. Perhaps there is a lesson here. When human dignity is trampled
underfoot, it can rise and become a threatening and destructive
force. Be careful about walking on the rights of another human
being.

The two New Mexicans knew that this matter was not over.
They knew that the gringos had to return for their guns. Everywhere they went their rifles were in hand, their six-guns in holster. At night their six-guns under the pillow, their rifles under
the blankets. Don Nicomedes praying for their return so he could
put the sign of the cross on their foreheads with bullets from the
.45 or .303.

Two or three days went by. One morning, early, the New
Mexicans saw five riders coming toward them. They waited. Their
rifles in hand. Their six-guns in holster. This time they were ready.

They were the four from before, with empty holsters. And
another, an older man. He had to be the father or the foreman.
The old one spoke.

"Lay down your weapons, gentlemen. We come in peace."

"The last time it was different. I have your guns here as proof
of your bad intentions."

"My boys have misbehaved and they have already been pun-
ished. I've brought them here to apologize."

"An insult cannot be brushed away with a couple of words. I
am going to take them to court in Tierra Amarilla. I assure you,
señor, that they will pay."

"Look, señor, if you do that, they'll lock these idiots up for
ninety days. I need them to work the stock. We do not have any
pull in Tierra Amarilla."

"I am sorry, sir, but these bastards mistreated a very dear
friend, and they are not going to get away with it."

"Señor, I am ready to pay..."

"Keep your money."

"Well, then..."

"There is a solution. Let me have these four cowards for one
day. I assure you that I will inflict no lasting harm on them. But
they'll pay."

"Agreed."

gárgaras a otra parte. Tuvo que apaciguar al indignado y querido amigo. Los gringos se fueron, más blancos que cuando habían venido.

Esto era increíble. El hombre más pacífico, más tranquilo y más bueno se había convertido en un instante en una fiera vengativa. Acaso hay aquí una lección. La dignidad humana atropellada sabe levantarse y convertirse en una fuerza amenazadora y destructiva. Mucho cuidado con pisotear los derechos humanos de otro ser humano.

Los dos nuevomexicanos sabían que el trance no había terminado. Sabían que los gringos tenían que volver por sus pistolas. A todas partes, el rifle en la mano, la pistola en la funda. De noche, la pistola debajo de la almohada, el rifle debajo de las mantas. Don Nicomedes rogando a Dios que vinieran para ponerles la señal de la cruz en la frente con una bala de 45 o 303.

Pasaron dos o tres días. Una mañana, bien temprano, los nuevomexicanos vieron a cinco jinetes que venían hacia ellos. Esperaron. El rifle en la mano. La pistola en la funda. Esta vez estaban listos.

Eran los cuatro de antes, con las fundas vacías. Y otro. Mayor. Tendría que ser el padre o el capataz. Habló el mayor:

—Hagan a un lado sus armas, señores. Venimos en paz.

—La última vez no fue así. Aquí tengo sus pistolas como prueba de su mala leche.

—Mis muchachos se han portado mal y ya han sido castigados. Los he traído para que les pidan perdón.

—El abuso no se quita con dos palabras. Yo les voy a montar un juicio en Tierra Amarilla. Le aseguro, señor, que pagarán.

—Mire, señor, si usted hace eso, me encierran a estos tontos por noventa días. Yo los necesito para que trabajen el ganado. Nosotros no tenemos aldabas en Tierra Amarilla.

—Lo siento, caballero, pero esos desgraciados maltrataron a un querido amigo, y no se van a salir con la suya.

—Señor, yo estoy dispuesto a pagar . . .

—Guarde su dinero.

—Pues entonces . . .

—Hay una solución. Déme usted a estos cuatro cobardes por un día. Le aseguro que no les pasará nada duradero. Pero pagarán.

—Convenido.

Se dieron la mano. Don Nicomedes le entregó las cuatro pistolas al capataz. Mi padre les explicó a los cuatro jóvenes su

They shook hands. Don Nicomedes gave the foreman the four guns. My father explained to the four young men what their punishment was. They became whiter than ever. White is beautiful. Excessive whiteness looks sickly. The four watched their foreman ride away in despair.

My father than brought out a pair of axes and a saw and set them to cutting wood. There was good wood there: piñon, cedar, and some oak. He put Don Nicomedes in charge and went off with the flock.

We didn't need the wood. It was spring. But why miss the excellent opportunity of using eight white hands and four athletic slaves who are at your service?

Don Nicomedes with that thick heavy hatred in his eyes. With the luminous red welts across his face. With the big gun in his holster. And a long whip in his hand. That New Mexican supervised the work. The gringos didn't know Spanish but they understood perfectly well what was expected of them. They worked like crazy. They sweated like sponges. The moment that one of them paused or relaxed, the whip cracked, somewhere near his ears, somewhere around his behind. When the sun set the four immigrants had chopped a cathedral of wood. Never in the history of man had so few chopped so much wood in such a short time.

As a reward for the quantity and sanctity of their labor Don Nicomedes untied and scared off their horses. They had to walk home in their high-heeled boots. It was far. They wouldn't get there till dawn. Who knows whatever happened to those four? They will never forget a New Mexican who didn't know English. He knew other things.

My father returned late. Supper was ready. Don Nicomedes was lying on his bunk. He had a beatific, angelic smile on his face. He was completely satisfied. My father knew that there was nothing angelic about his smile. His satisfaction was of another sort.

The name of that foreman was Don Nelson. After this incident he and my father became the best of friends and shared other experiences. I got to know him. I remember he wore a Stetson with a bullet hole just a little higher than the crown of his head. Someone almost parted his hair without bothering to remove his hat.

pena. Ellos se pusieron más blancos que nunca. El blanco es hermoso. Un blanco exagerado parece enfermizo. Los cuatro se quedaron mirando retirarse al capataz con un intenso dolor de corazón.

Mi padre entonces sacó un par de hachas y un serrucho y los puso a hacer leña. Había allí buena leña de piñón y de cedro, y un poco de encino. Puso a don Nicomedes de mayordomo y se fue con el ganado.

No hacía falta la leña. Era la primavera. Pero, ¿cómo perder la estupenda oportunidad de utilizar ocho manos blancas a tus órdenes y cuatro atléticos esclavos?

Don Nicomedes con aquel odio espeso y grueso en los ojos. Con las luminosas rayas rojas a través de su cara. Con el pistolón en la funda. Y un largo chicote en la mano. Ese nuevomexicano se encargó de la obra. Los gringos no sabían español pero entendieron perfectamente bien lo que se esperaba de ellos. Trabajaban como locos. Sudaban como esponjas. El momento que se detenía o se aflojaba uno, traqueaba el chicote, por allá por las orejas, por allá por las nalgas. Cuando se puso el sol, los cuatro inmigrantes habían partido una catedral de leña. Nunca en la historia del hombre han tan pocos cortado tanta leña en tan poco tiempo.

Como recompensa por tanto y santo trabajo, don Nicomedes soltó y asustó los caballos de los cuatro. Tuvieron que irse a pie, con sus botas de tacón alto. Era lejos. Llegarían al amanecer. Quién sabe qué haya sido de esos cuatro. No olvidarán nunca a un nuevomexicano que no sabía inglés. Sabía otras cosas.

Mi padre llegó tarde. La cena estaba hecha. Don Nicomedes estaba recostado sobre su cama. Tenía una sonrisa beatífica, angélica en su cara. Estaba completamente satisfecho. Mi padre sabía que su sonrisa no tenía nada de angelical. Su satisfacción era otra.

Ese capataz se llamaba Don Nelson. A partir de esa incidencia él y mi padre fueron los mejores amigos y compartieron otras aventuras. Yo llegué a conocerlo. Recuerdo que llevaba un sombrero Stetson con un agujero de bala un tantito más arriba de la mollera. Alguien casi le hizo el aparte sin quitarle el sombrero.

Don Tomás Vernes

Long before my time, sometime around the latter part of the past century, Tom Vernes came to Tierra Amarilla. Tierra Amarilla was at that time a wide-open frontier. Wealthy landowners, outlaws, renegade Indians. Law and order was far away in Santa Fe. A wild and rebellious land. First abandoned by Spain, then by Mexico, and now by the United States. Always alone and all its own, always independent.

The way I heard it, Tom Vernes came as a quartermaster for the troops of the new government. He had to supply the troops with meat, foodstuffs, and anything else that was needed.

The valley of Tierra Amarilla was wide and open, surrounded by high and proud sierras. Green land abounding in grass, water, and game. Abounding also in wild stock (cattle and horses). According to the law of the range, any yearling without a brand belongs to the man who can put his rope and brand on it. A few made their fortunes exactly that way.

For a young adventurer with dreams of establishing an empire and a dynasty this was the promised land. The lack of an established government, a jumble of people who didn't understand the new laws, and an elastic morality made everything possible. "Anything goes," as they still say in Tierra Amarilla.

Tom Vernes looked around, calculated, liked what he saw, and stayed. The first thing the handsome and charming stranger did was to court, win, and marry a beautiful New Mexican girl from one of the oldest families. This way he won for himself the good will and trust of the people.

They say that while he was quartermaster for the troops, he filled his pockets with liberal portions of the republic's provisions.

Don Tomás Vernes

Mucho antes de mi tiempo, por allá por la última parte del siglo pasado, llegó Tom Vernes a Tierra Amarilla. Tierra Amarilla entonces era plena tierra de frontera. Hacendados ricos, forajidos, indios rebeldes. La ley y el orden estaban muy lejos en Santa Fe. Tierra silvestre y rebelde. Abandonada primero por España, después por México y ahora por los Estados Unidos. Sola y suya, siempre, siempre independiente.

Según entiendo Tom Vernes vino como abastecedor de las tropas del nuevo gobierno. Tenía que abastecer a las tropas con carne y demás víveres y todo lo que hiciera falta.

El valle de Tierra Amarilla era amplio y limpio, rodeado de altas y soberbias sierras. Tierra verde abundante en pasto, agua y caza. Abundaba también en ganado cimarrón (reses y caballos). Según la ley del campo todo animal primal sin marca pertenece al que le ponga su lazo y su marca. Así hicieron su fortuna más de cuatro.

Para un joven aventurero con ilusiones de establecer un imperio y formar una dinastía ésta era la tierra prometida. La falta de gobierno, un pueblo confundido con nuevas leyes que no entendían y una moral elástica lo prometían todo. Estaba "la res caída" como todavía dicen en Tierra Amarilla.

Tom Vernes miró, caló, le gustó y se quedó. Lo primero que hizo el guapo y campechano forastero fue cortejar, ganarse y casarse con una hermosa nuevomexicana de las mejores familias. Así se ganó la buena voluntad y la confianza de la gente.

Dicen que mientras fue abastecedor de las tropas se llenaba la blusa de liberales porciones de las provisiones de la república USA. Yo no sé nada de eso. Lo que sí es verdad es que llegó

I don't know anything about that. One thing is sure. He had money when he arrived. He opened a store. He brought merchandise that had never been seen around there. Another thing he did was give credit to everyone. This had never been seen either. This made the people feel good. Of course, he knew how to collect. A piece of property here, a few cows or horses there, manual labor somewhere else. He was generous to a fault. A pat on the back. A gift here, another there. His Spanish was perfect. The people started calling him "Don Tomás" or "Don Tomás Vernes" with complete affection and utter respect.

His son was born and grew up among and with the people. He was one of them. He was as handsome as his father. The people called him "Tomasito." He was bilingual from the beginning. He could function as comfortably in the world of his father as in the world of his mother. As a teenager he knew and understood his father's many business enterprises. He handled himself in the same way and with the same talent as his father. After all, he was Tom Vernes II. Like father, like son.

When it was time his father sent him to a university in the East. He returned more handsome than ever, more grown up and more elegant. The affairs of his father took him to Mexico City. There he met a beautiful lady of Mexican high society. They fell in love. They married. He brought her home to Tierra Amarilla.

When the old man died, the people changed the son's name automatically from "Tomasito" to "Don Tomás." He carried on the patterns and practices of his father. Credit for all. Collections as before: land, livestock, manual labor. Buying land that owed back taxes. Buying mortgages. The skillful manipulation of land surveyors. He opened a bank. The income from the store and the bank, the properties, the livestock, the investments, everything was on the upswing. Everyone, rich or poor, everyone in his own way was forging a large fortune for Don Tomás.

When I appeared in the history of Tierra Amarilla, Don Tomás was already in his fifties. He was robust, cheerful, and affable in every way. He had earned the trust of the people.

Now there was another "Tomasito," Tomás Vernes III, and two younger sisters, María Teresa and Maribel. A beautiful family. Now they were quadroons. The mixture of blood had produced good results.

We grew up more or less together. I mean during the sum-

con un capitalito. Abrió un comercio. Trajo mercancías como nunca se habían visto por allí.

Otra cosa que hizo es abrirle crédito al mundo entero. Esto nunca se había visto. Esto le daba categoría a la gente. Claro que sabía cobrar. Un terreno por acá, unas vacas o caballos por allá, mano de obra por el otro lado. Era generoso en exceso. Una palmada en la espalda. Un regalito aquí, otro allí. Su español era impecable. La gente empezó a llamarle "don Tomás", o "don Tomás Vernes" con todo cariño y con todo respeto.

El hijo nació y se crió entre y con el pueblo. Fue uno de ellos. Era tan guapo como su padre. La gente le decía, "Tomasito". Fue bilingüe desde el primer momento. Funcionaba tan a gusto en el mundo de su padre como en el mundo de su madre. Ya de adolescente conocía a fondo los múltiples negocios de su padre. Se desempeñaba con el mismo estilo, el mismo talento de su padre. Al fin y al cabo era Tom Vernes II. De tales padres, tales hijos.

Cuando llegó su tiempo su padre lo envió a una universidad del Este. Volvió más guapo que nunca, más maduro y más elegante. Los negocios de su padre lo llevaron a la Ciudad de México. Allá conoció a una bella dama de la alta sociedad mexicana. Se quisieron. Se casaron. Se la trajo a Tierra Amarilla.

Cuando el padre murió la gente automáticamente le cambió el nombre de "Tomasito" a "don Tomás". El hijo siguió las normas y las prácticas de su padre. Crédito para todos. El cobro como antes: terrenos, ganado, mano de obra. Compra de terrenos con impuestos atrasados. Compra de hipotecas, hábil manipulación de agrimensores. Abrió un banco. Las ganancias de la tienda y del banco, las propiedades, el ganado, las inversiones, todo iba en el ascenso. Todos, ricos y pobres, cada uno a su manera, le iban amasando a don Tomás una gran fortuna.

Cuando yo aparecí en la historia de Tierra Amarilla ya don Tomás era cincuentón. Era robusto, alegre y amable en todo sentido. Se había ganado la confianza de todo el mundo.

Había ahora otro "Tomasito", Tomás Vernes III, y dos hermanas menores, María Teresa y Maribel. Una hermosa familia. Ya eran cuarterones. La mezcla de sangres había dado muy buenos resultados.

Crecimos más o menos juntos. Es decir durante los veranos. Por alguna razón doña Teresa y los hijos vivían en la ciudad de Denver. Don Tomás vivía en Tierra Amarilla. La gente decía que tenían una verdadera mansión allí, y no hay por qué dudarlo.

mers. For some reason Doña María Teresa and the children lived
in Denver. Don Tomás lived in Tierra Amarilla. People said they
had a mansion there and there is no reason to doubt it. Don
Tomás had a housekeeper who was a joy to behold. Poor man.
Living alone is so rough. Of course people said that the charming
lady was also his lady in bed. But one shouldn't believe everything
people say.

No one ever knew the why of the forced separation. It could
have been that Doña María Teresa, aristocratic lady of the big
city, found the life of the village terribly boring. Maybe it was con-
cern for the children's education. Perhaps it was a lack of con-
veniences. Who knows?

The family came during the summers. Tomasito and I spent
the season in the mountains with the livestock. Roping, branding,
gelding. Fishing in the late afternoon. Laying bets on target shooting. Going back to town late on Saturdays for the dance that
night, with the pretext of going to mass on Sunday morning. His
mother and mine believed us. His father and mine only smiled.
Tom Vernes the third was a first class Hispano.

Don Tomás' store was now a thriving enterprise. The first
floor was immense. There was everything there from provisions
and tools for the cattle breeder and the farmer to the most ex-
quisite articles for the most sophisticated customers.

The offices of Don Tomás occupied the second floor. From
there Don Tomás could oversee his bountiful domain through a
whole wall of glass. He came down only when someone came in
he wanted to see.

I used to love to go to the store with my mother or my father.
Suddenly Mr. Burns (that's what people called him) would appear.
Friendly and courteous. He would wait on us himself. He snapped
his fingers. He got the whole staff into the act. They brought my
mother samples of everything for her to choose. When we returned home we always found a gift for my mother hidden among
the purchases: a box of chocolates, a silk or wool scarf or cape.

I looked forward to these visits. In the center of the store there
was a barrel full of Carter's Little Liver Pills. He always took me
by the ear, took me to the barrel, and hid a half dollar or a silver
dollar among the little pill envelopes. I would spend a good hour
busily trying to find the darn coin. When I came into the store
alone, Don Tomás wouldn't show up, who knows why. And I expected it.

Don Tomás tenía una ama de llaves que era una bendición de Dios. Pobrecito. Vivir solo es tan duro. Claro que la gente decía que la encantadora señora era su dama de cama también. Pero no hay que creer todo lo que dice la gente.

Nunca se supo el porqué de la forzada separación. Pudo haber sido que doña María Teresa, dama aristocrática de la gran ciudad, encontró la vida de pueblo demasiado aburrida. Tal vez fuera preocupación por la educación de los niños. Tal vez falta de comodidades. Quién sabe.

La familia venía los veranos. Tomasito y yo nos pasábamos la temporada en el campo con el ganado. Lazando, herrando, capando. Pescando de tardeada. Disparando al blanco en santo desafío. Volviendo al pueblo el sábado bien tarde para el baile de esa noche, con el pretexto de ir a misa el domingo por la mañana. Su mamá y la mía nos creían. Su papá y el mío sólo sonreían. Tom Vernes, el tercero, era un hispano de primera.

La tienda de don Tomás era ya una verdadera empresa. La planta baja era inmensa. Allí había de todo, desde las provisiones y herramientas para el ganadero y el labrador hasta los artículos más exquisitos para la clientela elegante.

Las oficinas de don Tomás ocupaban un segundo piso. Desde allí don Tomás podía vigilar su imperial imperio a través de unas tremendas vidrieras. Sólo bajaba cuando entraba en la tienda alguien que él quería ver.

A mí me gustaba ir a la tienda con mi madre o mi padre. De pronto aparecía "el Viernes" (así le decían). Afable y gentil. El mismo atendía. Castañeteaba los dedos. Ponía a todo el personal en movimiento. Le traían a mi madre muestras de todo para que escogiera. Cuando volvíamos a casa siempre encontrábamos entre los bultos un regalo para mi madre: una caja de chocolates, alguna chalina o bufanda de seda o de lana.

Yo celebraba estas visitas. En el centro de la tienda había un barril lleno de Carter's Little Liver Pills. Siempre me tomaba de una oreja, me llevaba al barril y me escondía un tostón o un dólar de plata entre las funditas de píldoras. Allí me pasaba yo una buena hora bien ocupado tratando de encontrar la bendita moneda. Cuando yo entraba en la tienda solo, don Tomás no aparecía, quién sabe por qué. Ya yo lo sabía.

En esos días los ganaderos pagaban sus cuentas en la tienda dos veces al año: en junio después de la venta de la lana, y en octubre después de la venta de borregos y becerros. Entre esos

In those days ranchers paid their bills twice a year. In June when the wool was sold and in October when the lambs and calves were sold. Between those two points the smart pencils of Don Tomás' bookkeeper added and added. The total was enormous. Hardly anybody ever complained. After all, the service received was worth something more than the price of the merchandise. The truth is that if ever someone found an error in his account Don Tomás agreed with him and accepted his claim immediately. He would call Don Elizardo, his bookkeeper, and reprimand him severely in front of the customer. (Poor Don Elizardo, he always took the blame.) The customer was left with a pleasant glow. What a fine gentleman Don Tomás was!

The wheel of life and fortune keeps on turning. It never stops turning. We grew up. Tomasito took a certain road to a certain university. I took another. We left our spent youth out there in the mountains.

Far away from my native land I heard that Don Tomás died. Tomasito left the university and took over his father's many business interests and the direction of the family. That foreign grandfather's ancient dream of a dynasty and an empire had been fulfilled on the soil and under the sky of New Mexico. The last Don Tomás was the best and most noble of the three. A New Mexican in every sense of the word.

I learned later that Tom Vernes III died in an automobile accident. He left no sons. The store lasted for a while under an administrator. It soon collapsed for want of a heart. The livestock disappeared. The lands were sold. Everything died. In Tierra Amarilla there still lie the bleached bones of the ancestral home and the frontier store of the Burns.

The bright dream of a certain day went out. Stars also fall from the heavens. Rivers dry up. Pine trees die. But beautiful memories do not end and they do not die.

dos puntos los hábiles lápices del contador de don Tomás suma-
ban. La suma era gorda. Casi nadie se quejaba. Al fin y al cabo, el
servicio recibido valía algo por encima del valor de las mercancías.
La verdad es que si alguna vez alguien reclamaba un error en su
cuenta don Tomás le daba la razón, aceptaba su reclamo de inmediato. Llamaba a don Elizardo, su contador, y le daba una
fuerte regañada delante del cliente. (Pobrecito don Elizardo, él
siempre pagaba el pato.) El cliente se quedaba con una cierta fos-
forescencia placentera. ¡Qué hombre tan fino era don Tomás!

La rueda de la vida y de la fortuna siempre rueda. Nunca deja
de rodar. Crecimos. Tomasito siguió cierto camino a cierta universidad. Yo seguí otro camino a otra. Allá en la sierra quedó
nuestra juventud envejecida o muerta.

Ya lejos de mi tierra supe que don Tomás murió. Tomasito
abandonó la universidad y se encargó de los múltiples negocios
heredados y de la familia. El antiguo sueño de una dinastía y de
un imperio de aquel extranjero abuelo se había cumplido en el
suelo y bajo el cielo de Nuevo México. El último don Tomás era
el más bueno y el más noble de los tres. Un nuevomexicano cabal.

Supe más tarde que Tom Vernes III murió en un accidente de
automóvil. No dejó heredero. La tienda siguió algún tiempo bajo
un administrador. Pronto se desplomó por falta de corazón. Los
ganados desaparecieron. Las tierras se vendieron. Todo se acabó.
Allí están todavía en Tierra Amarilla los blancos huesos de la casa
solariega y de la tienda de frontera de los Viernes.

Se apagó el claro sueño de un día. También las estrellas se
caen de los cielos. Se secan los ríos. Se mueren los pinos. Mas los
buenos recuerdos no acaban y no se mueren.

They Got Married . . .

They got married. They got married just because. They got married because they felt like it. Everything and everyone told them not to. But they were masters of their own fate.

He was from the North, she from the South. He was dark, she blonde. They loved each other. Who knows why? They decided to join their lives and God did not object.

Eduardo Trujillo came out of Tierra Amarilla. Ann Gibson came out of Roswell. Opposite extremes. Two worlds. They met at the University of New Mexico. They were freshmen.

I don't know how or when the rose of love opened. Eduardo was quiet and passionate. Ann was quiet and passionate. It all started at a university dance. They danced. They talked very little. They said a lot.

Later they sought each other out in the cafeteria, the halls, even the streets. When they met, he carried her books and they walked around the campus. One day, a coke. Another, a hamburger. On one occasion, a lecture. Another, a concert. Very little talking, a lot of saying. Both were shy and quiet.

Little by little, without their knowing it, trust was growing, love was being born. Maybe something more. Everyone follows a hope, a dream. Finding someone in the world who understands you, who believes in you. Someone you need. Someone who needs you.

It appears Eduardo needed Ann. For inexplicable reasons. It appears Ann needed Eduardo. Who knows why? The truth is they loved each other. And God felt good about it.

They decided to get married. Eduardo's family objected. How are you going to marry a gringa? It doesn't fit. It doesn't mesh. We

Se casaron . . .

Se casaron. Se casaron porque sí. Se casaron porque les dio la gana. Todo y todos les decían que no. Pero ellos eran dueños de su destino.

El era del norte, ella del sur. El era moreno, ella rubia. Se quisieron. ¿Quién sabe por qué? Decidieron unir sus vidas, y Dios no se opuso.

Eduardo Trujillo salió de Tierra Amarilla. Ann Gibson salió de Roswell. Dos polos opuestos. Dos mundos. Se conocieron en la Universidad de New México. Eran novatos.

Yo no sé cómo ni cuándo se abrió la rosa del amor. Eduardo era callado y apasionado. Ann era callada y apasionada. Empezó todo en un baile universitario. Bailaron. Hablaron muy poco. Se dijeron mucho.

Después se buscaban uno al otro por la cafetería, por los corredores, hasta por las calles. Cuando se encontraban, él cargaba con sus libros, paseaban por el campus. Una Coca Cola un día. Un hamburger otro día. Alguna vez una conferencia. Alguna vez un concierto. Poco hablar y mucho decir. Los dos eran esquivos y callados.

Poco a poco, sin que ellos lo supieran, fue naciendo la confianza, fue naciendo el amor. Quizás, algo más. Cada quien persigue una esperanza, una ilusión. Encontrar alguien en el mundo que te comprenda, que te entienda. Alguien que tú necesitas. Alguien que te necesita a ti.

Al parecer, Eduardo necesitaba a Ann. Por razones inexplicables. Al parecer Ann necesitaba a Eduardo. ¿Quién sabe por qué? La verdad es que se quisieron. Y Dios se sintió complacido.

are Nuevomexicanos. They are gringos. This isn't going to work out. How disgraceful!

Ann's family objected. Marry a Mexican? Impossible. What would we tell our friends? How disgraceful! This is not going to work out.

Eduardo and Ann had made up their minds. Neither his family nor hers was going to decide. They got married. Just because. Because they felt like it. They had to cross all the frontiers of prejudice and discrimination.

There was a big reception on their wedding day. The family of the bride was on one side of the hall. The family of the groom was on the other side. Gringos and Mexicans. Like oil and water. They don't mix. From time to time they smiled at each other. Nervously. Uncomfortably.

The parents of the newlyweds, of necessity, had to appear friendly. A lot of forced laughter. A lot of contrived conversation. So many traditional obligations. Many a cold smile. Cautious chit-chat.

They left on their honeymoon. In the car, alone. As usual, little talking and a lot of saying. Joy overwhelmed them. With his right hand he squeezed her left hand as the car raced through space. Suddenly:

"I promise you, Ann, only you will be the center of my life. I will always live for you and only for you."

"I promise you, Eduardo, that you, only you, will be the sole purpose in my life."

There was much more. Both of them were perfectly aware of the attitude of their respective families. Both were boldly determined to overcome all the obstacles society was putting in their path.

They returned to Tierra Amarilla. He came back as a teacher in the high school. All together, the father, the brothers, the neighbors built Eduardo a house on a lot his father gave him

Their family life began. He, charmed. She, bewitched. Their married life was perfect. They would lie down in front of the fireplace on animal skins to dream about the future family that would carry on for them some day.

They got together with the family often. Ann got along beautifully with all the men of the Trujillo family. The children in the family adored her. But the mother was difficult. The mother was always polite and friendly. But Ann never knew for sure how her

Decidieron casarse. La familia de Eduardo se opuso. ¿Cómo te vas a casar con una gringa? No cabe. No resulta. Nosotros somos nuevomexicanos. Ellos son gringos. Esto no va a funcionar. ¡Qué vergüenza!

La familia de Ann se opuso. ¿Casarte con un *Mexican*? ¡Imposible! ¿Qué le diríamos a la gente? ¡Qué vergüenza! Esto no va a funcionar.

Eduardo y Ann estaban decididos. Ni la familia de él, ni la familia de ella iban a decidir. Se casaron. Porque sí. Porque les dio la gana. Tuvieron que cruzar todas las fronteras del prejuicio y de la discriminación.

Hubo una gran recepción el día de la boda. En un lado de la sala estaba la familia de la novia. En el otro la familia del novio. Gringos y mexicanos. Como el aceite y el agua. No se mezclan. De vez en cuando se sonreían. Nerviosamente. Incómodamente.

Los padres de los novios, por fuerza, tuvieron que aparecer simpáticos. Mucha risa obligada. Mucha conversación forzada. Tantos compromisos reglamentarios. Tantas sonrisas frías. Charlas frágiles.

Se fueron de luna de miel. En el coche, solos. Como siempre, poco hablar y mucho decir. La felicidad les tenía inundados. Con la mano derecha él le apretaba la mano izquierda mientras el coche se lanzaba por el espacio. De pronto:

—Te prometo, Ann, que tú, sólo tú, serás el imán de mi vida. Viviré siempre para ti, y sólo para ti.

—Te prometo, Eduardo, que tú, sólo tú, serás el único destino de mi vida.

Hubo mucho más. Los dos estaban perfectamente concientes de la actitud de sus respectivas familias. Los dos estaban atrevidamente dispuestos a superar todos los obstáculos que la sociedad les estaba poniendo.

Volvieron a Tierra Amarilla. El volvió de profesor en la escuela secundaria. Todos juntos, el papá, los hermanos, los vecinos, le construyeron a Eduardo una casa en un solar que el papá le dio.

Empezó la vida familiar de los dos. El, encantado. Ella, embrujada. Su vida conyugal perfecta. Se recostaban frente a la chiminea sobre alfombras de pieles de fieras a fantasear sobre la futura familia que algún día les sobreviviría.

Se reunían con frecuencia con la familia. Ann se llevaba a las maravillas con todos los hombres de la familia Trujillo. Los jóvenes de la familia la adoraban. Pero la mamá era difícil. La mamá siem-

mother-in-law really felt. The mother-in-law always kept a certain distance.

The two newlyweds were aware of it. But the thing that really mattered was the "You are the center of my life" and "You are the purpose of my life" of the first day.

There had been no communication between the two families since the day of the wedding. One day they learned that Ann was pregnant. That soon there would be a son, an heir.

Suddenly the family pressure began. The boy would carry the name of the paternal grandfather, the name of the maternal grandfather. His name would be Esteban, or his name would be Morgan. It was a conflict. It was a confrontation. The two families in complete opposition.

Eduardo and Ann had unending discussions.

"Eduardo, let the baby's name be Esteban."

"Ann, let the baby's name be Morgan."

"I don't care."

"I don't either."

The two families were at loggerheads. For some reason it was important to each family. Each family wanted to impose its will on the other. Eduardo and Ann didn't know what to do.

Nature stepped in at this moment. The time came. The two families on their toes. Not one child was born. Two were born. Twins.

Everything was resolved. One child was given the name Esteban after Eduardo's grandfather. The other child was given the name Morgan after Ann's grandfather. Both families were happy.

But Eduardo and Ann, somewhat perversely, somewhat daringly, had their way. They gave the name of Morgan to the dark twin. They gave the name of Esteban to the blond twin.

Time went by. The twins were growing up. For some reason difficult to explain, the Gibson family began to prefer the dark twin, Morgan. The Trujillo family preferred the blond twin, Esteban. As it turned out, Morgan, the dark one, grew up speaking English. Esteban, the blond one, grew up speaking Spanish. The two brothers never got along.

I don't know if Ann preferred Morgan, the dark one, for the same reason she loved Eduardo. I don't know either if Eduardo preferred Esteban, the blond one, for the same reason that he

pre era cortés y amable. Pero Ann nunca sabía a ciencia cierta cómo se sentía la suegra. La suegra siempre guardaba una cierta distancia.

Los dos jóvenes casados se daban cuenta. Pero aquello de "Tú serás el imán de mi vida" y "Tú serás el destino de mi vida" del primer día seguía rigiendo.

No había habido comunicación entre las dos familias desde el día de la boda. Un día se supo que Ann estaba encinta. Que pronto habría un vástago, un heredero.

De pronto surgió una presión familiar. El niño llevaría el nombre del abuelo paterno, el nombre del abuelo materno. Se llamaría Esteban o se llamaría Morgan. Era un conflicto. Era una confrontación. Las dos familias en total oposición.

Eduardo y Ann tuvieron interminables discusiones.

—Eduardo, que el niño se llame Esteban.

—Ann, que el niño se llame Morgan.

—A mí no me importa.

—A mí tampoco.

Las dos familias estaban a contrapunto. Por alguna razón a cada familia le importaba. Cada familia quería imponer su criterio sobre la otra. Eduardo y Ann no sabían qué hacer.

En este momento intervino la naturaleza. Llegó el momento. Las dos familias punto a punto. No nació un niño. Nacieron dos. Gemelos.

Todo quedó resuelto. A un niño se le dio el nombre de Esteban, abuelo de Eduardo. Al otro niño se le dio el nombre de Morgan, abuelo de Ann. Las dos familias quedaron satisfechas.

Pero Eduardo y Ann, un tanto perversos, un tanto atrevidos, se salieron con la suya. Al gemelo moreno le dieron el nombre de Morgan. Al gemelo rubio le dieron el nombre de Esteban.

Pasó el tiempo. Los gemelos van creciendo. Por alguna razón difícil de explicar la familia Gibson empezó a preferir al gemelo moreno, a Morgan. La familia Trujillo prefirió al gemelo rubio, a Esteban. De modo que Morgan, el moreno, crece hablando inglés. Esteban, el rubio, crece hablando español. Los dos hermanos nunca se llevaron bien.

Yo no sé si Ann, por la misma razón que quiso a Eduardo, prefirió a Morgan, el moreno. Tampoco sé si Eduardo, por la misma razón que quiso a Ann, prefirió a Esteban, el rubio. Creo que

loved Ann. I don't think anybody knows. The fact is that Morgan, the dark one, wanted to be an Anglo. Esteban, the blond one, wanted to be a Mexican.

The years went by. Morgan would spend his vacations with his Gibson grandparents. Esteban was delighted at the ranch with his Trujillo grandparents. One day the two of them went off to the university. They ended up roommates.

Out of the house, far from both families, the two brothers got to know each other. They got to understand and like each other. Morgan began to learn Spanish.

For the first holiday the twins insisted that the two families get together, as a family. The two families discovered, through their grandchildren, that the differences that separated them were not so wide. They met and this time they were not at opposite ends of the room. Now they are friends. The Gibsons go fishing or hunting at the Trujillo's. The Trujillos go visit the Gibson's in Roswell.

Now there is no mother-in-law in between. The young have something to say and it's time for the old ones to listen.

Eduardo and Ann are happy. God is satisfied.

nadie lo sabe. El resultado fue que Morgan, el moreno, quiso ser anglo. Esteban, el rubio, quiso ser mexicano.

Pasaron los años. Morgan se iba de vacaciones con sus abuelos Gibson. Esteban encantado en el rancho con sus abuelos Trujillo. Un día se fueron los dos a la universidad. Resultaron compañeros de cuarto.

Fuera de casa, lejos de las dos familias, los dos hermanos llegaron a conocerse. Llegaron a entenderse y a quererse. Morgan empezó a aprender español.

Las primeras vacaciones los dos hermanos gemelos insistieron que las dos familias se reunieran, como familia. Las dos familias descubrieron, a través de sus nietos, que las diferencias entre las dos no eran tan anchas. Se reunieron y esta vez ya no estaban en los extremos de la sala. Ahora son amigos. Los Gibson van de pesca o de caza a la casa Trujillo. Los Trujillo van de visita a Roswell a la casa Gibson.

Ya no hay suegra que valga. Los jóvenes tienen algo que decir, y es hora que los viejos escuchen.

Eduardo y Ann son felices. Dios está complacido.

Mónico

The first Spanish colonists who came to the Río Grande Valley established themselves where the Río Grande and the Río Chama meet. They found an Indian pueblo there. I don't remember the pueblo's name. The Indians received the strangers with hospitality and courtesy. They offered them everything they had. This was a pleasant and satisfying surprise for the new arrivals, exhausted and tired from the long and wearisome journey from Mexico.

The owners of these lands were so friendly and generous that the Spaniards called their pueblo San Juan de los Caballeros. The concept of brotherhood between two peoples of different backgrounds was established from the very beginning of the Spanish colony in New Mexico. The Spaniards called the Indians "hermanos" and the Indians called the Spaniards "hermanitos." In time "hermanito" became "manito." Even today Mexicans from Mexico pejoratively call New Mexicans "manitos," not knowing that they honor us with the word.

The Spaniards built their homes on the other side of the river and called their village San Gabriel. This happened in 1598. A mutual dependence, respect, and affection were born and grew between the two peoples.

They shared the same loneliness in a hostile and violent land. They attended the same church and celebrated the same feast days. They prayed and they danced together. Together they celebrated the good harvests. They lamented the same calamities. They defended themselves from marauding Indians together. They were truly brothers. They drank from the same cup, some-

Mónico

Los primeros colonos españoles que llegaron al valle del Río Grande se establecieron donde se juntan el Río Grande y el Río Chama. Allí encontraron un pueblo de indios. No recuerdo como se llamaba el pueblo.

Los indios recibieron a los extranjeros con toda hospitalidad y cortesía. Les ofrecieron de todo lo que tenían. Para los recién llegados, abatidos y cansados de la larga y penosa jornada desde México, esto fue una amena y grata sorpresa.

Tan amables y gentiles fueron los dueños de esas tierras que los españoles le dieron el nombre al pueblo de San Juan de los Caballeros. Se estableció desde el primer momento de la colonia española en Nuevo México el concepto de hermandad entre dos pueblos de diferentes antecedentes. Los españoles les decían "hermanos" a los indios, y los indios les decían "hermanitos" a los españoles. Con el tiempo "hermanito" se convirtió en "manito". Todavía hoy los mexicanos de México les llaman a los nuevo-mexicanos "manitos" con intención peyorativa sin saber que nos honran con la palabra.

Los españoles construyeron su caserío al otro lado del río y le llamaron San Gabriel. Esto ocurrió en 1598. Nació y creció una mutua interdependencia, respeto y afecto entre los dos pueblos.

Compartían la misma soledad en una tierra hostil y violenta. Asistían a la misma iglesia y festejaban las mismas fiestas. Rezaban y bailaban juntos. Juntos celebraban las buenas cosechas. Lamentaban las mismas calamidades. Juntos se defendían de los indios nómades. Eran hermanos de veras. Bebían de la misma copa, a veces dulce, a veces amarga. Se dividían lo bueno y lo

times sweet, sometimes bitter. They shared the good and the bad equally. The Spaniards learned a great deal from the Indians. The Indians learned a great deal from the Spaniards.

I first met the Indians of San Juan when I was a boy on my grandmother's ranch in Las Nutrias. A caravan of covered wagons from San Juan came twice a year. They were loaded with merchandise native to the Río Grande and to the Indians: chile (red and green), corn meal (white and blue), clay pots, fabric, rugs, serapes, baskets, silver jewelry, fruit (fresh and dried). What I liked were the bows and arrows, the moccasins, the chamois-skin vests embroidered with beads, the feather bonnets, the drums. All things not found in my neck of the woods.

They camped near the house by the side of the pond. My grandmother provided them with grain and hay for the animals, wood for their fires, and delicacies: meat, cheese, milk, bread, butter. It was something to see at night. The campfires illuminating the landscape, the beat of the drums, the dances, the chants, the native dress. Always there was good wine, chocolate, coffee, and little cakes. All the neighbors, all my relatives showed up for the festivities. All of us went to bed happy and enriched.

Juanita was the matriarch of this exotic society. She was an Indian woman of middle age, large dark eyes, a round face, dressed in the traditional way. She was gentle, sweet, and friendly. It was strange to see how, with all that sweetness, without ever raising her voice, she had complete control over the rest of the Indians. Their discipline was perfect. She and my grandmother had been very good friends for many years. Juanita slept in the house.

The country fair opened the following morning. The Indians spread out their merchandise on blankets in front of each wagon. The neighbors appeared, ready to exchange this for that. Cash was used only as a last resort. The bargaining would begin. By evening everything had disappeared. Naturally, my grandmother got the best of everything. Juanita made sure of that. She already knew what her friend wanted and put it aside.

Early the next day the butchering began: steers, lambs, goats, pigs. This lasted all day.

On the third day the wagons were loaded once more: meat (fresh and dried), grain (wheat, oats, and barley), wheat flour, cowhides, sheepskins, wool, cheeses, sometimes horses or cows (alive, of course). They left singing something Indian. With a

malo, mitad y mitad. Los españoles aprendieron mucho de los indios. Los indios aprendieron mucho de los españoles.

Yo primero conocí a los indios de San Juan cuando era niño en la hacienda de mi abuela en Las Nutrias. Dos veces al año llegaba de San Juan una caravana de carros de cobija. Venían cargados de mercancía propia del Río Grande y de los indios: chile (verde y colorado), harina de maíz (azul y blanca), ollas de barro, tejidos, tilmas, serapes, canastos, joyería de plata, fruta (fresca y seca). Lo que a mí me interesaban eran los arcos y flechas, teguas, chalecos de gamuza decorados con cuentas, bonetes de plumas, tambores. Todas cosas que allá en mi tierra no había.

Campaban cerca de la casa al lado del estanque. Mi abuela les proporcionaba grano y pastura para sus animales, leña para sus fogatas y golosinas: carne, leche, quesos, pan, mantequilla. Era de ver aquello por la noche. Las hogueras iluminando el campo, el compás de los tambores, las danzas, los cantos, el vestuario indígena. Siempre había buen vino, chocolate, café y bizcochitos. Todos los vecinos, todos parientes míos, acudían a las festividades. Todos nos acostábamos contentos y enriquecidos.

La matrona de esta sociedad exótica era Juanita, una india de mediana edad, de cara redonda, de ojos negros y grandes, vestida a la antigua. Era suave, dulce y amable. Era curioso ver que con esa dulzura, sin alzar la voz nunca, tenía un dominio total sobre los demás indios. La disciplina era perfecta. Ella y mi abuela habían sido muy amigas por muchos años. Juanita dormía en la casa.

La siguiente mañana se abría la feria campestre. Delante de cada vagón los indios tendían su mercancía sobre mantas. Acudían los vecinos dispuestos a feriar esto por aquello. Se empleaba el efectivo como último recurso. Empezaba el regateo. Para el atardecer ya todo había desaparecido. Mi abuela, claro, se quedaba con lo mejor. Juanita se encargaba de eso. Ya ella sabía lo que su amiga quería y lo traía apartado.

Otro día, bien temprano, empezaba la matanza: novillos, corderos, cabritos, marranos. Esto duraba todo el día.

El tercer día los carros estaban otra vez cargados: carne (fresca y seca), granos (trigo, avena y cebada), harina de trigo, cueros de res, zaleas, lana, quesos, a veces caballos o vacas (vivos, claro). Salían cantando algún canto indígena. Los veíamos desaparecer en el pinar con cierta tristeza. Algo hermoso había terminado.

certain melancholy we saw them disappear into the pine grove. Something beautiful had ended.

My destiny took me to begin my teaching career in San Juan Pueblo. I arrived a few days before classes began to look for a house and to get settled. I was around seventeen years old. I looked for Mónico.

Mónico had been a sheepherder for my grandfather, later for my father. He had known me as a child. I didn't remember him. Now he was the governor of the pueblo and cashier of the big Mercantile Store there.

He had married a Hispanic woman. He built her the most elegant and comfortable house in the village. According to what I heard later, his was a happy marriage in every way. Unfortunately, his wife died.

I don't know whether it was for a personal or for a cultural reason, but Mónico left his wife's beautiful house and went to live with his mother in a much more modest house.

"Hello, Sabinito," he said as soon as he saw me. Nobody had called me that for a long time.

"Good morning, Señor Velarde. My mother told me to look you up."

"Señor Velarde nothing. Call me Mónico. How is your lovely mother?"

"Very well, Mónico. She remembers you with affection."

"She was very good to me always. I'll never forget her. What brings you here?"

"I've been appointed to teach in San Juan School. I've come to see you so that you'll help me find a house."

"Said and done. You're going to my house. I live with my mother. I'll feel honored if you stay in my house."

That settled it. That same day I moved into Mónico's house. It was comfortable and warm. The tender touch of the hand of a good woman was evident in everything. Even though everything was clean and neat it was ovious that nothing had been moved or changed since the day when that good woman had gone to a better life.

The only thing the house didn't have was running water. It had walking water. This was not at all unusual. Very few houses had running water in those days. There was a wood stove in the kitchen. There were pot-bellied stoves in the other rooms. A box of firewood in each place.

Mi destino me llevó a empezar mi magisterio en el pueblo de San Juan. Llegué unos días antes de que empezaron las clases a buscar casa y establecerme. Tenía yo entonces diecisiete años. Busqué a Mónico.

Mónico había sido pastor de mi abuelo, después de mi padre. El me conoció a mí de niño. Yo no me acordaba de él. Ahora era el gobernador del pueblo y cajero de la gran Tienda Mercantil del pueblo.

Se había casado con una mujer hispana. Le construyó la casa más cómoda y más elegante del pueblo. Según oí después su matrimonio fue feliz en todo sentido. Desgraciadamente, su mujer murió.

Yo no sé si fuera cosa personal o cultural pero Mónico abandonó la casa bonita de su mujer y se fue a vivir con su mamá en una casita mucho más humilde.

—Hola, "Sabinito"—me dijo en cuanto me vio. Hacía mucho tiempo que nadie me llamara así.

—Buenos días, señor Velarde. Mi madre me encargó que viniera a buscarle.

—Nada de señor Velarde; dime Mónico. ¿Cómo está tu santa madre?

—Muy bien, Mónico. Se acuerda de usted con mucho cariño.

—Siempre fue muy buena conmigo. Yo no la olvido nunca. ¿Qué te trae por acá?

—Me han nombrado maestro de la escuela de San Juan. He venido a verle para que me ayude a buscar casa.

—Dicho y hecho. Te vas a mi casa. Yo vivo con mi mamá. Me sentiré muy honrado si te quedas en mi casa.

Así quedamos. Ese mismo día me mudé a la casa de Mónico. Era cómoda y acomedora. En todo se veía el toque cariñoso de la mano de una buena mujer. Aunque todo estaba limpio y arreglado era patente que no se había movido ni cambiado nada desde el día que esa buena mujer se fue a mejor vida.

Lo único que la casa no tenía era agua corriente. Tenía agua andante. Esto no tiene nada de particular. Muy pocas casas tenían agua corriente en esos días. En la cocina había estufa de leña. En las demás habitaciones había fogones. Un cajón de leña partida en cada sitio.

La siguiente mañana bien temprano oí ruido en la cocina. Me levanté y con mucho cuidado me asomé por la puerta entreabierta. Era Mónico. Estaba haciendo lumbre en la estufa. De

Very early the following morning I heard noise in the kitchen. I got up and peeked very carefully through the half-opened door. It was Mónico. He was building a fire in the stove. So when I got up I already had hot water to wash and the aroma of fresh coffee filled the entire house. That's the way it was the year and a half I stayed there.

All my memories of San Juan are pleasant. I've never met friendlier people. Everyone called me "Sabinito," surely because that is what Mónico and Juanita called me. The Indian ladies brought me hot dishes at meal time: beans, blue corn enchiladas, corn meal mush, *atole*, soup, bread, fruit or pumpkin pies, everything steaming hot. They brought me fruit in the fall: watermelons, melons, apples, peaches, pears. I learned to love these people very much. They adopted me, the only non-Indian in the pueblo. Mónico advised me in all things so that I wouldn't get into trouble.

I had very unusual experiences there. I learned a lot. I am going to tell you about some of those experiences.

Somebody knocked at my door the first night. It was two young Indians. I asked them to come in. They did. They sat down. In silence. After a long speech of welcome, I tried to start a conversation. This was a road that led nowhere. They answered me in monosyllables. I showed them my books, pictures of my family and my girlfriend. Nothing. I was desperate. When it was time they got up and left. In silence.

What I didn't understand is that they had come to visit, not to chat. They came to tell me with their presence "Welcome," and for that chatter is not necessary. Later when Indians came to visit me, we would talk when we had something to say. When we didn't, we'd keep our mouths shut. I don't know why we feel the need to talk constantly, even though we have nothing to say. I learned from them that many times what is not said is far more eloquent than what is said. There is much to be said in favor of silence in human affairs. So many stupidities would remain unsaid!

One night, after dark, two elderly Indians came to my door. They said to me, "Lock your door. Don't go out." By the tone of their voices and the seriousness of their expressions, I understood that they meant business. I already knew enough to not ask any questions. Shortly after, a deafening noise exploded throughout the pueblo, a horrifying clamor, a maddening din. There was no way of understanding that. It was frightening. I turned off the lights and looked through the window. The plaza was full of In-

modo que cuando me levanté ya tenía agua caliente para lavarme y el aroma del café llenaba la casa entera. Así fue el año y medio que allí permanecí.

Todos mis recuerdos de San Juan son gratos. Jamás he conocido gente más amable. Todos me decían "Sabinito", seguramente porque así me decían Mónico y Juanita. Las señoras indias me traían platos calientes a la hora de comer: frijoles, enchiladas de maíz azul, chaquegüe, atole, caldos, pan, pasteles de fruta o calabaza, todo bien calentito. Me traían frutas en el otoño: sandías, melones, manzanas, duraznos, peras. Llegué a quererlos mucho. Ellos me adoptaron, el único no-indio del pueblo. En todo Mónico me aconsejaba para que no quedara mal.

Tuve allí experiencias extraordinarias. Aprendí mucho. Voy a contarles algunas de ellas.

La primera noche alguien llamó a mi puerta. Eran dos indios jóvenes. Les pedí que pasaran. Entraron. Se sentaron. En silencio. Después de un largo discurso de bienvenida, quise entablar una conversación. Este fue un camino que no llevó a ninguna parte. Me respondían en monosílabos. Les mostré mis libros, fotos de mi familia y de mi novia. Nada. Yo, desesperado. A su debido tiempo se levantaron y se fueron. En silencio.

Lo que no comprendí es que habían venido a visitarme, no a charlar. Vinieron a decirme con su presencia: "Bienvenido", y para eso no hace falta palabrería. Más adelante cuando venían indios de visita hablábamos cuando teníamos algo que decir. Cuando no, guardábamos silencio. Yo no sé por qué nosotros sentimos la necesidad de hablar siempre, aunque no tengamos nada que decir. De ellos aprendí que muchas veces lo que no se dice es mucho más elocuente que lo que se dice. Hay mucho que decir a favor del silencio en las relaciones humanas. ¡Tantas tonterías que no se dirían!

Una noche, ya oscuro, se acercaron a mi puerta dos indios mayores. Me dijeron, "Cierre su puerta. No salga." Por el tono de la voz y la formalidad de su visaje comprendí que se trataba de algo serio. Ya sabía lo bastante para no preguntar por qué. A poco rato explotó por el pueblo un estrépito ensordecedor, un clamor horripilante, una algarabía enloquecedora. No había manera de entender aquello. Metía miedo. Apagué las luces y me asomé por la ventana. Estaba la plaza llena de indios. Andaban serpenteando de la manera más agitada y violenta. Tambores, flautas, pitos, ollas, cajas, matracas, latones. El ruido era para volver loco al

dians. They were snake-dancing in the most excited and violent way. Drums, flutes, whistles, pots, boxes, rattles, sheets of metal. The racket was enough to drive anyone insane. The commotion ended suddenly, abruptly as it began.

When Mónico appeared the following morning:

"Mónico, what happened last night?"

"Nothing. The spirits return to the pueblo once a year. We have to scare them off so that they will leave us alone." Nothing more. Any reasonable human being knows that is all there is to it. I don't know if they scared off the spirits, but they came very close to scaring me off. And I am not a spirit.

When I first arrived in Mónico's house I was the object of a great deal of curiosity, especially among the kids. The kitchen had a horizontal window. As I prepared my meal a dozen or more heads could be seen lined up there staring at me seriously, frankly, and openly, as if I were a rare animal in a cage. At the beginning I waved at them or smiled. Later I ignored them. The difficult part of it was sitting down at the table facing the window and trying to eat. Trying to stick food in your mouth while some twenty-four peering eyes are staring at you is quite awkward. You try to ignore them. You can't. You squirm. You can't swallow. I finally got up and lowered the window shade.

Since I didn't have a radio in the house I went out to listen to the news on the car radio. The very first time a large number of teenage girls surrounded the car. They looked at me, said things to each other, pointed at me with their finger, and laughed like crazy. To be the object of so much laughter is not to make you feel like a Don Juan, a Superman, or a Tarzan. I felt absolutely ridiculous.

An uncle of mine had warned me: "Don't fool around with Indian girls. They are not like us. If you offend an Indian woman the whole pueblo will jump on you."

I already knew that trying to start a conversation with them was a road that led nowhere, and being very much aware of the "Don't fool around with Indian girls," I didn't even try. I smiled and kept on listening to the news. This went on for several days. One day, when I least expected it, the car door opened and an Indian girl came in. She sat at the extreme end of the seat. Silence. Nothing. I continue listening. The door opens and another one comes in. The first one slides towards me. Now we are three. The same thing. One by one, little by little, they filled the car. At first they

más cuerdo. De pronto el escándalo terminó, abruptamente, como empezó.

Cuando Mónico apareció la siguiente mañana:

—Mónico, ¿qué pasó anoche?

—Nada. Los espíritus vuelven al pueblo una vez al año. Nosotros tenemos que asustarlos para que nos dejen solos. —Nada más. Cualquier persona razonable sabe que eso lo dice todo. Yo no sé si ahuyentaron a los espíritus pero anduvieron bien cerca de ahuyentarme a mí. Y yo no soy espíritu.

Recién llegado a la casa de Mónico fui yo objeto de mucha curiosidad, especialmente con los chicos. La cocina tenía una ventana horizontal. Estando yo, preparando mi comida se veían allí alineadas una docena o más de cabezas contemplándome seria, franca y abiertamente como si yo fuera un animal raro en jaula. Al principio yo les saludaba con la mano o les sonreía. Más tarde les ignoraba. Lo difícil fue sentarme a la mesa frente a la ventana y tratar de comer. Tratar de meterte cosas en la boca mientras te están mirando unos veinte y cuatro ojos absortos es bien incómodo. Tratas de ignorarlos. No puedes. Te tuerces. No puedes tragar. Al fin me levanté y bajé la celosía.

Como no tenía radio en la casa salía a oír las noticias en el radio del coche. Desde la primera vez un gran número de chicas adolescentes rodeaban el coche. Me miraban, se decían cosas, me señalaban con el dedo, y se reían como locas. Ser el objeto de tanta risa no es para hacerte sentir un don Juan, un Superman, o un Tarzán. Yo me sentía absolutamente ridículo.

Un tío me había aconsejado: "No te metas con las indias. Ellas no son como nosotros. Si ofendes a una india el pueblo entero se te echa encima."

Ya yo sabía que intentar una conversación con ellas no llevaría a ninguna parte, y muy consciente del "No te metas con las indias", ni siquiera lo intenté. Les sonreía y seguía oyendo las noticias. Esto continuó así algunos días. Un día cuando menos esperaba, se abrió la puerta del coche y se metió una india. Se sentó en el último extremo del asiento. Silencio. Nada. Sigo oyendo. Se abre la puerta y entra otra. La primera se muda hacia mí. Ahora somos tres. Lo mismo. Una a una, poco a poco, llenaron el coche. Primero, calladas. Luego, risitas. Después, risotadas. Cuando uno es el objeto del humor de otros no está en condiciones de apreciar el humor de la situación. Me salí del coche y las dejé desmorecidas de la risa.

were quiet. Then giggles. Later laughter. When one is the object of someone else's humor one isn't in the mood to appreciate the humor of the situation. I got out of the car and left them choking with laughter.

The first thing I did the next time was lock both doors. I could hear them trying the door from time to time. They rapped on the windows. I didn't even lift my eyes. They soon lost interest and they went away and never came back. The virtue of the Indian girls of San Juan remained intact.

One afternoon I returned home from school and found an Indian woman in the kitchen. She was very busy preparing dinner. She was around twenty-five years old and she was pretty. I greeted her and said nothing, knowing not to. I went into the living room and started to read.

After a long while she came in and told me supper was ready. I went into the kitchen. I found there was only one place set. I invite her to join me. She says no. It isn't done.

I ate. I went into the living room and began to read. Listening all the while. After she ate she came in the living room and sat down. I repeat, she was good-looking. "Don't fool around with Indian girls," resounded and echoed in my head. I didn't say anything. I didn't do anything. When she felt like it, she went home.

The following morning Mónico came as usual. Shortly after, there were noises in the kitchen. I peeked in. It was she. She fixed my breakfast. In silence, naturally. I ate. I ran out in a dither to look for Mónico.

I explained what had happened. The way he laughed was something to hear. He couldn't answer my question, "What's going on?" Finally, when he could:

"She has picked you out for a husband."

"Santo Dios, what do I do?"

"Tell her you're married."

That afternoon, after a repetition of the day before:

"You know, pretty one, I am married."

"You, married?"

"Yes, and I have a seven-month-old boy."

Her face didn't show any change. She went home, as before, when she felt like it. She left and never came back. I spent a year and a half there and I never saw her again. Human dignity, self-respect, are as valued in one culture as in another.

Mónico would come to see me now and then. We sat down

Lo primero que hice la próxima vez fue atrancar las dos puertas del coche. Oía de vez en vez que probaban la puerta. Me sonaban las ventanas. Yo ni alzaba los ojos. Pronto perdieron interés y se fueron y no volvieron. La virtud de las inditas de San Juan quedó intacta.

Una tarde volví a la casa de la escuela y encontré a una india en la cocina. Estaba muy ocupada preparando la comida. Tendría unos veinte y cinco años y era guapa. La saludé y no dije nada, ya sabía. Pasé a la sala y me puse a leer.

Después de largo rato entró y me informó que la cena estaba lista. Entré a la cocina. Descubrí que había solamente un puesto. La invito a que me acompañe. Dice que no. Que eso no se hace.

Comí. Pasé a la sala y empecé a leer. Siempre escuchando. Después de que comió entró en la sala y se sentó. Repito, era guapa. "No te metas con las indias" resonaba y retumbaba en mi interioridad. No dije, no hice, nada. Cuando quiso, se fue.

La siguiente mañana vino Mónico como de costumbre. Poco después se oyeron ruidos en la cocina. Me asomé. Era ella. Me preparó el desayuno. En silencio, claro. Comí. Salí desesperado a buscar a Mónico.

Le expliqué lo que había ocurrido. Verlo reír era cosa que contar. No podía contestar a mi pregunta, "¿Qué está pasando?" Al fin, cuando pudo: "Te ha escogido para marido."

—Santo Dios, ¿qué hago?

—Dile que eres casado.

Esa tarde, después de una repetición del día anterior:

—Sabes, linda, que yo soy casado.

—¿Tú casado?

—Sí, y tengo un hijito de siete meses.

Su cara no mostró ningún cambio. Se fue, como antes, cuando quiso. Se fue y no volvió. Yo me pasé allí año y medio y no la volví a ver. La dignidad humana, el amor propio, vale tanto en una cultura como en otra.

De vez en cuando Mónico venía a verme. Nos sentábamos en el portal o adentro, según el tiempo. Hablábamos o callábamos, según. . . Ya yo había aprendido a funcionar en esa sociedad.

Me contó cómo se había ido con mi abuelo desde jovencito. Cómo se había cortado las trenzas para no quedar mal. Cómo había guardado su dinero y había vuelto al pueblo destrenzado. Cómo lo habían rechazado los indios por haber perdido su indianidad. Cómo tuvo que volver a mi gente hasta que le creciera

on the porch or inside, depending on the weather. We talked or didn't, depending. . . . By then I had learned to function in that society.

He told me how he had gone with my grandfather when he was very young. How he had cut his braids in order to fit in. How he had saved his money and had returned to the pueblo without braids. How the Indians had rejected him for having lost his Indianness. How he had to return to my people until his hair was long enough. By then he had saved more money and returned to the pueblo an important man.

In his person, Mónico was the solution to our times. Among us, Mónico was Hispanic in every way. Among the Indians he was Indian to the core. He went from one culture to the other with the utmost ease. He enjoyed the best of both.

I am a better person, Mónico, because I knew you. I hope you have found your beloved wife in the great beyond. I hope that up there in heaven you have a house and a life as good as the ones you had in San Juan de los Caballeros.

el cabello. Para entonces había guardado más dinero y volvió como hombre de pro.

En su persona Mónico era la solución de nuestro tiempo. Entre nosotros Mónico era hispano en todo sentido. Entre los indios era indio hasta las cachas. Pasaba de una cultura a la otra con suma facilidad. Gozaba de lo mejor de ambas.

Valgo más, Mónico, por haberte conocido. Espero que hayas encontrado a tu querida esposa en el más allá. Espero que allá en el cielo tengas una casa, y una vida como la que tenías en San Juan de los Caballeros.

Sister Generose

When I was eight years old we moved from the ranch to the village. From Las Nutrias to Tierra Amarilla. We moved so that my brothers and I could attend the school there.

Until then I had never played with kids my own age. I spent my days strolling through the pine grove, the brush, or the fields, shadowed by my two sheepdogs, Roldán and Oliveros. A lot of solitude, a lot of fantasy. The perfect life.

Frequently I accompanied my father on horseback or afoot. We went hunting. Otters, ducks, fish, rabbits, coyotes, badgers, squirrels. Almost always in silence. I could not have been more content.

I had a little wagon and a little sled. I had a gelding he-goat with tremendous horns trained to pull the wagon in summer and the sled in winter. Juan Maés, the foreman, had trained him. I only had to make him go. Proud. Like a Russian or a Roman in the movies. That is, when Gerineldo—that was his name—was willing. When he felt like it, he could be quite stubborn. Then there was no one who could move him. Shouting, lashing, jerking, cursing, pleading, sobbing. When that happened—I knew—I had to wait until it suited him. Then we went on. The world was my oyster.

When I returned from my wanderings, my mother, my grand-mother, or the maid always had a snack for me: bread pudding, custard, fresh cheese with sugar, a hot tortilla with butter and a dash of salt, whipped cream with cookies, apples with crackers, sweets, corn, other goodies. Milk, camomile tea, lemonade. Then my books and cartoons.

Through the long nights of winter my father read us a chapter from some long novel or other. He had a sonorous and mellifluous

La hermana Generosa

Cuando yo tenía ocho años nos mudamos del rancho al pueblo. De Las Nutrias a Tierra Amarilla. Nos mudamos para que yo y mis hermanos pudiéramos asistir a la escuela.

Hasta entonces yo no había jugado con niños de mi edad. Me pasaba los días paseando por el pinar, el chamizal o los campos sembrados con mis dos perros pastores, Roldán y Oliveros. Mucha soledad, mucha fantasía. La vida perfecta.

Con frecuencia acompañaba a mi padre a caballo o a pie. Ibamos de caza. Nutrias, patos, peces, conejos, coyotes, tejones, ardillas. Casi siempre en silencio. Yo no podía estar más contento.

Tenía un pequeño vagón y un pequeño trineo. Tenía un castrado de tremendos cuernos entrenado que tiraba el vagón de verano y el trineo de invierno. Juan Maés, el caporal, me lo había amanzado. Yo sólo lo arreaba. Orgulloso. Como un ruso o un romano de ésos de las películas. Es decir, cuando a Gerineldo, así se llamaba, le daba la gana. Cuando se le antojaba se amachaba. Entonces no había quien lo moviera. Gritos, azotes, tirones, malas palabras, ruegos, llantos. Cuando eso ocurría, ya yo lo sabía, tenía que esperarme hasta que a él le sobraba la gana. Entonces seguíamos. El mundo era mi melón.

Cuando volvía de mis andanzas mi mamá, mi abuela o la criada me tenían siempre un refrigerio: sopa de pan, natillas, queso fresco con azúcar, tortilla caliente con mantequilla y un poquito de sal, nata batida con bizcochitos, manzanas con galletas, dulces, panocha, a veces, puchas. Leche, té de manzanilla, limonada. Luego mis libros y caricaturas.

Por las largas noches de invierno mi padre nos leía un capítulo de alguna larga novela. Tenía una voz sonora y meliflua con todos

voice with all the rhythms, tones, and tempo for bringing to life the text he read and making it vibrant. I was fascinated, captivated. So it was I got to know Don Quixote, Don Juan, the Count of Monte Cristo, the Twelve Peers of France, El Cid, Martín Fierro, and Pedro de Urdemales. This took place in front of the fireplace. My mother sewing. All of us eating pine nuts or popcorn by the warmth of the fire. How good it was to be a child in those times and in that place.

Suddenly all this ended. We went to live in another place. Among strangers. My solitude and my walks disappeared. New relations and new obligations presented themselves. My father and I did not go hunting anymore. Gerineldo stayed behind on the ranch. My world, which saw me born, which saw me grow, stayed behind on the ranch. Only my dogs Roldán and Oliveros accompanied me. My life suddenly became all memories, all past.

You understand that I had never played with children. I did not know them and I never liked them. You understand that at a tender age I was an exile, a stranger, an alien in an unknown and hostile land. My house was no longer my house. Even my parents seemed peculiar to me now. They were no longer the same.

Add to this that I was a loner by nature and by experience. That I was a dreamer for the same reasons. That life for me had become nostalgia and homesickness. In sum, I was antisocial, melancholy, resentful.

This was made manifest from the beginning. I did not know how to, did not want to, could not get along with others. I had to fight with everyone. I still carry the scars inside my mouth from the beatings I took. It did not matter that they were big, medium, or small, when the rage took hold of me, I threw myself into the fight. Sometimes I won; many times I lost. But I never lost completely. The rage I carried inside me threw me into the impossible. I hit, I kicked, I scratched, I bit, I pulled out hair. He who meddled with me got marked. Thus I was acquiring a measure of respect. My poor mother cried when she saw me come home all beaten up.

Tierra Amarilla was a very thriving commercial, civic, and social center at that time. It was also the capital of Río Arriba County, a county larger than several states of the Union. The great cattlemen and politicians of the era gathered there. Students from all the villages in the region also came there to the high school. A lot of activity. Many people. That bustling and that multitude annoyed me and made me nervous.

los ritmos, tonos y compás para hacer vivir y vibrar el texto que leía. Yo fascinado, embobado. Así conocí a don Quijote, a don Juan, al conde de Montecristo, a los doce pares de Francia, a El Cid, a Martín Fierro y a Pedro de Urdemales. Esto ocurría delante de la chimenea. Mi madre cosiendo. Todos comiendo piñón o rosas al amor del hogar. ¡Qué bueno era ser niño en ese entonces y en ese lugar!

De pronto todo eso acabó. Nos fuimos a vivir a otro lugar. Entre extraños. Desaparecieron mi soledad y mis andanzas. Surgieron nuevas relaciones, nuevas obligaciones. Mi padre y yo ya no salíamos de caza. Gerineldo se quedó en el rancho. Mi mundo, el que me vio nacer, el que me vio crecer, se quedó en el rancho. Sólo me acompañaron mis perros, Roldán y Oliveros. Mi vida de pronto se me hizo toda recuerdo, toda pasado.

Se entiende que yo nunca había jugado con niños. No los conocía y no los quería. Se entiende que a una tierna edad yo era un exiliado, un forastero, un extraño en una tierra desconocida y hostil. Mi casa ya no era mi casa. Hasta mis padres me parecían raros. Ya no eran los mismos.

Añadir a esto que yo era solitario por naturaleza y por experiencia. Que yo era soñador por las mismas razones. Que la vida se me había convertido en nostalgia y querencia. En fin yo era anti-social, un melancólico, un resentido.

Esto se puso en manifiesto, desde el principio. Yo no supe, no quise o no pude llevarme con los otros. Tuve que pelearme con todos. Todavía llevo en la boca los cicatrices de tantos palizas que sufrí. No me importaba que fueran grandes, medianos o chicos, cuando me entraban las rabias me lanzaba al combate. Algunas veces ganaba, muchas veces perdí. Pero nunca perdí del todo. La furia que yo llevaba dentro me proyectaba al imposible. Golpeaba, pataleaba, arañaba, mordía, desgreñaba. El que conmigo se metía salía marcado. Así fui cobrando algún respeto. Mi pobre madre lloraba cuando me veía llegar todo molido.

Tierra Amarilla era entonces un centro comercial, cívico y social bien próspero. Era también la capital del Condado de Río Arriba, un condado más grande que varios estados de la Unión. Allí se reunían los grandes ganaderos y los grandes políticos de la época. Allí también venían estudiantes de todos los pueblos del alrededor a la escuela secundaria. Mucha actividad. Mucha gente. Ese ajetreo y ese gentío me ponían a mí molesto y nervioso.

Roldán y Oliveros eran mis únicos amigos, mis únicos confi-

Roldán and Oliveros were my only friends, my only confidants in that new life, in that new world. I believe that all three of us shared the same nostalgia, the same longing for home. I told them what troubled and disturbed me. It seemed that they understood me. They felt the same.

The two dogs accompanied me to school every day. They waited for me outside until recess, until noon, and until the final bell. When I came out, I joined them. I played with them. I shared my noon snack with them, I returned home with them. Nothing good ever came from the other kids.

At times alone, pensive and melancholy, I surrendered myself to my memories, to my dreams and fantasies. My dogs peaceful by my side.

One day Sister Generose, my teacher, surprised me during my wanderings.

"What are you doing, Alejandro?"

"Nothing."

"Why aren't you playing with the other children?"

"Because they don't like me. I don't like them, either."

Thus our friendship began. Little by little that holy woman began to fill my dark world with light. She began to melt the ice that was numbing me. She began to look for me, to wheedle secrets out of me, to make me talk. Talking, talking began to loosen my tongue, began to warm my soul.

I told her things about the ranch, about the fields, about my grandmother. She told me things about her childhood, out there on a ranch in Kansas where great ears of corn grew from golden seed. Sometimes she made me make my peace with an enemy. We came face to face. We hated each other. We shook hands. Suddenly one of us smiles. Then one or the other laughs. The other joins him. Immediately we are friends.

They called me "El Colorado." When the rage took hold of me, I got red. When they called me Colorado, I became redder. I closed my eyes and threw myself into the fight. Always for the bad, never for the good.

I learned to read with the help of my mother and father long before entering school. One of my favorite texts was the *Denver Post*. My parents read to me and explained the cartoons to me. There was a roguish character who was called Happy Hooligan. This guy was always in trouble. Always chased by the police or by

dentes en esa nueva vida, en ese nuevo mundo. Creo que compartíamos las mismas añoranzas, las mismas querencias. Yo les contaba mis cuitas y mis inquietudes. Parecía que me entendían. Ellos hacían lo mismo.

Los dos perros me acompañaban a la escuela todos los días. Me esperaban afuera hasta el recreo, hasta mediodía y hasta la campana final. Cuando yo salía me reunía con ellos. Con ellos jugaba. Con ellos compartía mi merienda de mediodía, con ellos volvía a casa. Con los otros niños nunca nada bueno.

A veces solo, ensimismado y melancólico me entregaba a mis memorias, a mis sueños y fantasías. Mis perros a mi lado tranquilos.

Una vez me sorprendió en mis andanzas imaginativas la hermana Generosa, mi maestra.

—¿Qué haces Alejandro?

—Nada.

—¿Por qué no juegas con los otros niños?

—Porque no me quieren. Yo tampoco los quiero a ellos.

Así empezó nuestra amistad. Poco a poco esa santa mujer empezó a llenar de luz mi mundo oscuro. Empezó a derretir el hielo que me tenía entumido. Empezó a buscarme, a sonsacarme, a hacerme hablar. Hablando, hablando empieza a soltarse la lengua, empieza a calentarse el alma.

Le conté cosas del rancho, del campo, de mi abuela. Ella me contó cosas de su niñez, allá en un rancho de Kansas donde crecen las mazorcas del maíz dorado. Algunas veces me hizo hacer las paces con un enemigo. Nos enfrentamos. Nos odiamos. Nos dimos la mano. De pronto uno de los dos sonríe. Luego uno o el otro suelta la risa. El otro le acompaña. De inmediato somos amigos.

Me decían "el Colorado". Cuando me entraban las rabias me ponía colorado. Cuando me decían "Colorado" me ponía más colorado. Cerraba los ojos y al combate. Siempre por la mala, nunca por la buena.

Yo aprendí a leer con la ayuda de mi madre y de mi padre mucho antes de entrar en la escuela. Uno de mis textos favoritos fue el Denver Post. Mis padres me leían y me explicaban las caricaturas. Había un personaje picaresco que se llamaba Happy Hooligan. Este tipo siempre andaba metido en líos. Siempre perseguido por la policía o por alguien. Siempre alguien le tenía

someone else. Always someone had him by the coattails. Then he shouted, "Leggo, rascal!"

I didn't know what that meant. But I figured out my own explanation. I supposed that "rascal" came from "rascar" (to scratch) and that "leggo" came from "leg." "Rascar la pierna" (scratch the leg) seemed tremendously indecent to me. Given the circumstances in which Happy Hooligan used this expression and the sound of the words, I believed that this was a bad word, a curse, perhaps a blasphemy. So that when I became enraged, when I was truly furious and my face red, I threw thunderbolts with "Rascalego!" Sister Generose herself, without knowing what I was saying, forbade me to use that word. She, too, believed that it was a bad word.

I said that Sister Generose looked for me first, spoke to me, and tried to incorporate me into the social life of the school. The time came when I looked for her. I cleaned the blackboards, I beat the erasers, I emptied the waste baskets. She was my first friend in the world of the Anglo-Saxons. She socialized me. She civilized me. She taught me that there is tenderness, gentleness, and courtesy in the Anglo world.

One day three boys jumped me. I don't know why. It was too much. I grabbed my pocketknife. A pocketknife was the proper weapon for a child of the ranch. I was blind with fury. My chin trembled. My eyes were spears.

I don't know how. Sister Generose intervened. Our bodies come together. I throw the knife. It plunges into the clothing of the holy sister. Her blood flows.

Finally I realize what I have done. I am mute. I don't know what to say. To think that I could have wounded, to think that I could have hurt Sister Generose was unbelievable, it was outlandish, it was something grotesque.

Fortunately, the wound was superficial. Sister Generose herself embraced me to console me, so abject, so ashamed was I.

I believe that at that moment I became human and able to appreciate the love and brotherhood that God gave us.

Sister Generose, I want you to know how much I owe you. I want you to know the affection I hold for you and the homage I want to pay you. You know, you more than anyone made me an American.

cogido de la chaqueta. Entonces él gritaba "Rascal leggo!", que quiere decir: "¡Suéltame, canalla!"

Yo no sabía lo que eso quería decir. Pero me figuré mi propia explicación. Yo supuse que "rascal" venía de "rascar" y que "leggo" venía de "leg" (pierna). "Rascar la pierna" me pareció tremendamente indecente. Dadas las circunstancias en que Happy Hooligan usaba esta expresión y el sonido de las palabras, yo creí que esto era una mala palabra, una maldición, acaso una blasfemia. De modo que cuando a mí me entraban las rabias, cuando de veras estaba furioso, con la cara colorada, yo lanzaba rayos con "¡Rascalego!". La hermana Generosa misma, sin saber lo que yo estaba diciendo, me prohibió de que yo usara esa palabra. Ella también creyó que era mala palabra.

Dije que la hermana Generosa primero me buscaba, me hablaba y trataba de incorporarme a la vida social de la escuela. Llegó el momento en que yo la buscaba a ella. Yo le limpiaba los pizarrones, yo le sacudía los borradores, yo le vaciaba los canastos. Fue mi primera amiga en el mundo de los anglosajones. Ella me socializó. Me civilizó. Me enseñó que hay ternura, gentileza y cortesía en el mundo de los anglos.

Un día me acosaron tres. No sé por qué. Era demasiado. Eché mano a mi navaja. Para un niño del rancho la navaja era la propia indumentaria. Andaba ciego de furia. Me temblaba la barba. Mis ojos eran lanzas.

No sé cómo. La hermana Generosa intervino. Se juntan los cuerpos. Yo lanzo la cuchillada. Se la meto en la ropa a la santa hermana. Corre la sangre.

Por fin me doy cuenta de lo que he hecho. Estoy mudo. No sé qué decir. Pensar que yo pudiera herir, pensar que yo pudiera lastimar a la hermana Generosa era increíble, era barroco, era algo grotesco.

Afortunadamente, la herida fue superficial. La hermana Generosa misma me abrazó para consolarme, tan abatido, tan avergonzado estaba yo.

Creo que en ese momento llegué yo a ser humano y a apreciar el amor y la hermandad que Dios nos dio.

Hermana Generosa, yo quisiera que usted supiera cuánto le debo. Quisiera que usted supiera el cariño que le guardo y el homenaje que yo quisiera hacerle. Sepa usted, que usted más que nadie me hizo americano.

2812-44
5-38
C